# MINORQUE
## CONQUISE,
## POËME HÉROÏQUE
### EN QUATRE CHANTS.

# MINORQUE CONQUISE,

## *POËME HÉROÏQUE,*

### EN QUATRE CHANTS.

*Nec semper feriet, quodcumque minabitur, arcus.*
Horat. de Art. Poët.

## PRIX XXX SOLS.

## A GENEVE,

*Et se trouve à Paris.*

Chez la Veuve DELORMEL & FILS, Imprimeur
de l'Academie Royale de Musique, ruë du Foin,
à l'Image Sainte Geneviéve.

## M. D. C. C. L. V I.

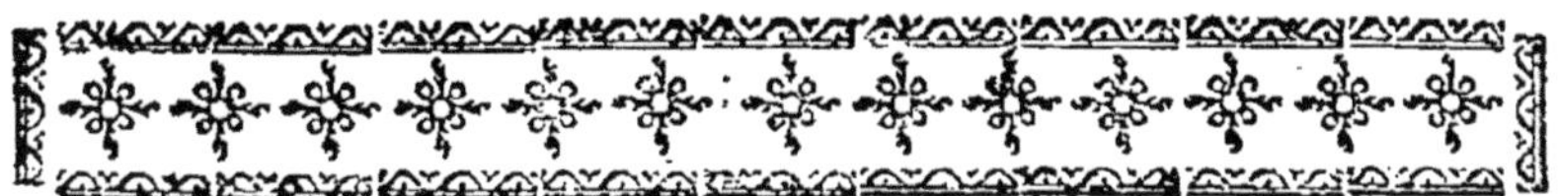

# PREFACE.

*L*E Poëme que je donne au Public, ne diffère de l'Epopée que par la longueur ; du reste, il est entièrement dans le goût épique ; la fiction s'y trouve mêlée avec la vérité. Mais on pourra regarder mon entreprise comme téméraire ; les restrictions de la Poësie ne permettant pas de broder sur un fond aussi nouveau.

Quelle étrange nécessité de ne pouvoir louer un Heros en face, & qu'il faille, pour chanter ses belles actions, attendre qu'il soit allé dans l'autre monde, où il est à présumer que l'on ne se soucie plus guères de ce que l'on a fait dans celui-ci ! Pour moi, je n'ai point donné dans ces délicatesses ; & malgré le respect que j'ai porté & porterai toujours aux règles de l'art, je ne crains point de mettre ce Poëme au jour, qu'il ne verroit pas, si quelqu'un eût eû le même dessein avant moi : mais puisqu'on m'a laissé le champ libre, ma Muse a pris la liberté de s'y exercer, & je me crois très excusable sur ma conduite.

Premierement, toute la fiction de mon second Chant est allégorique. Il est très vrai que tous les Minorcains

***

*se font soumis d'eux-mêmes & avec plaisir à la domination Française.*

*En second lieu, il n'auroit pas été Poëtique de n'avoir dit les choses que comme la gazette les a dites. Le vers, noble de son extraction, doit embellir tout ce qu'il raconte; il ne tire son lustre que du merveilleux; s'il ne fait que détailler simplement les faits, il déroge. Exposer la vérité aux yeux des hommes, sans lui prêter aucun ornement, c'est le fait de la prose.* * *En effet, à quoi bon donner la torture à son esprit, se faire souffrir à soi-même la plus rude question, pour ne faire que mettre en rimes ce que l'on auroit aussi bien dit en phrases ordinaires? fatiguer Apollon de ses vœux, implorer les faveurs de toutes les Nymphes du Parnasse, évoquer les ombres de tous les fameux Poëtes, pour traduire mot pour mot un Gazetier, ce seroit vouloir mériter l'application de ce Vers d'Horace:* * *

*Parturient montes, nascetur ridiculus mus.*

*Les relations ont parlé d'une fameuse sortie, que les Anglais de Port Mahon firent sur les Français le jour*

---

* On n'a point prétendu ici décrier le mérite de la prose, qui est propre à la fiction comme le vers; (Télemaque le fait assez voir) Mais faire entendre que le Vers n'est point propre à la simplicité comme la prose l'est à tout.

* * Boileau a traduit ainsi ce Vers:

*La montagne, en travail, enfante une souris.*

du combat naval. *Nos Grenadiers les ont fait rentrer ;
voilà tout ce qu'on en a dit. Je ne pouvois point en parler
si succinctement : aussi ai-je exercé mon imagination sur
cet article. Tout ce que j'y ai hasardé de plus fort, ç'a
été de donner un nom au plus brave des Officiers Anglais
qui y a été tué; liberté, que je réparerai très-aisément, dès
que j'aurai trouvé l'occasion de savoir son nom véritable ;
les gazettes n'ont conservé que ceux des notres ; & ayant
décrit ce siége en forme de Poëme épique, il falloit bien,
pour garder les proportions, puisque je diversifiois les per-
sonnages d'un côté, que je tâchasse aussi de les diversifier
de l'autre. Je ne l'ai cependant fait que pour un seul. Son
combat singulier avec M. le Duc de Fronsac n'a rien contre la vraisemblance. On sait que ce jeune Heros s'est
comporté, pendant tout le cours de ce siége, avec une
valeur digne de son nom.*

*Pour partager les événemens, j'ai fait prendre Jeffrys,
le second Commandant de Mahon, dans cette même sortie du jour du combat Naval ; & je crois n'avoir pas
besoin de me justifier à cet égard ; personne n'ignore les
priviléges de la Poësie sur le Chronisme. Pour ce qui est
du combat Naval, la relation de l'Amiral Byng, qui
m'est tombée entre les mains, m'a sauvé l'embarras de
forger des noms aux Anglais.*

*J'ai fait aussi mourir & blesser nos Officiers à me-*

*bienféance , & je ne m'excuferai point encore fur ce cha-
pitre. Je fuis fâché feulement de n'avoir pas pû placer
dans ce Poëme tous ceux dont les gazettes ont parlé ; fi
j'en ai choifi quelques-uns , je prie ceux qui ne s'y verront
pas , d'être perfuadés qu'il n'a pas tenu à moi qu'ils n'y
fuffent tous. Ayant efpérance de les dédommager dans
une autre occafion , je ne me fuis attaché particulierement
qu'à célébrer la mémoire de ceux qui font morts pour l'honneur de leur Patrie à ce fiége , l'un des plus beaux dont
l'hiftoire parlera jamais , & qui vient de couvrir d'une
gloire immortelle Mr. le Maréchal de Richelieu , qui
dans la difpofition générale de fon attaque , a fait écla-
ter en lui les trois qualités effentielles aux Généraux Su-
périeurs , c'eft-à-dire ; la prudence, la valeur & l'aßivi-
té. Ayant eu deffein d'effayer mon génie fur le plus beau
genre de la Poëfie , quelle matiere plus brillante pouvois-
je choifir, que cette Conquête fi honorable pour la France ?
La rapidité avec laquelle elle a été faite , ayant empêché qu'il ne s'y formât une chaîne d'événemens, rend moins
répréhenfibles les fißions par lefquelles mon imagination
a ofé y fuppléer.*

*J'ai mis avec attention les noms de tous les premiers
Officiers des Régimens qui y ont été, quoique les relations
n'ayent fait mention que de ceux qui ont eu des Comman-
demens , ou que le Roi a élévés aux différens grades*

*d'Officiers Généraux. J'ai bien pensé qu'un Régiment ne va jamais sans son Colonel ; & j'aurois été au de- sespoir que l'on eût eû à me réprocher d'avoir laissé dans l'oubli des gens de Naissance, & qui ne se feront pas moins distingués que ceux dont il est parlé.*

*J'abandonne aux Critiques équitables toutes les fautes qu'ils remarqueront dans cet ouvrage, qui demandoit d'être écrit promptement ; & loin de leur en vouloir, je promets de me corriger à l'avenir sur les avis judicieux que j'en recevrai, soit en public, soit en particulier. Tout homme fait des fautes, & doit remercier ceux qui les lui font connoître.*

*Il ne me reste plus qu'à parler du projet d'aller conquérir l'Isle Minorque, que j'ai mis dans la bouche de M. de Belle-Isle ; outre que le Public le lui a attribué, & qu'il m'a parû plus exact, & plus vraisemblable de le mettre dans la bouche d'un Maréchal de France, que dans celle de tout autre, j'ai suivi plus que tout cela le desir immo- déré dont je brulois depuis long-tems d'embellir mes vers du nom d'un si grand homme, & j'ai saisi avec empresse- ment cette occasion de le remplir en partie.*

*J'ai eu la hardiesse de laisser échapper dans ce Poëme quelques vers à la louange de cette illustre Princesse, qui, assise aujourd'hui sur le trône des Césars, lui donne par ses charmes & par ses vertus un ornement qui lui man-*

quoit ; mais j'ai été assez modeste pour m'impoſer de juſ-
tes limites ſur un article auſſi délicat.

Et quel encens pouvois-je lui donner qui fut digne
d'elle ? Pluſieurs ſiécles ont produit de grandes Princeſ-
ſes, comme les Sémiramis, les Elizabeths ; mais on
n'en trouve point en qui la nature ait réuni tant de rares
& brillantes qualités que dans cette glorieuſe Impéra-
trice.

Protectrice de tous les ſavans, terrible à la guerre,
adorable dans la paix, elle ſe fait encore admirer par
cette tendreſſe particuliere qu'elle a toujours eue pour un
Epoux qui la chérit uniquement. Il eſt vrai que, s'il trouve en elle mille vertus éblouiſſantes, les mêmes vertus
qu'elle trouve en lui, le rendent digne du bonheur dont
il jouit. Unis par un tendre hymen, l'admiration qu'ils
s'inſpirent ſans ceſſe l'un pour l'autre, entretient & aug-
mente chaque jour les charmes d'une ſi douce union.

On vient de voir cette généreuſe Reine voler d'elle-
même au-devant des nœuds que notre auguſte Monarque
deſiroit de former avec elle ; & il étoit comme indiſpen-
ſable que les deſtinées joigniſſent par l'amitié la plus
légitime deux cœurs, qui l'étoient déja ſi bien par la con-
formité des ſentimens. Comme elle, clément, juſte, pa-
cifique, ami de tous les arts, auſſi aimable pour ſon peuple, que redoutable pour ſes ennemis, il n'uſe de ſou

*pouvoir, que pour se faire craindre au-dehors, il n'est Roi,*
*que pour se faire aimer au sein de son Empire.*

*Combien la France & la Hongrie n'ont-elles point à*
*se glorifier de vivre sous un Prince & une Princesse si*
*dignes de les gouverner !*

*Mais je m'apperçois qu'il est tems de finir un Eloge,*
*qu'il est au-dessus de mes forces d'entreprendre. Il n'est*
*permis qu'à des génies sublimes d'oser s'exercer sur de si*
*beaux modéles. Trop heureux de pouvoir les admirer,*
*il faut me restraindre dans les bornes du silence ; & l'es-*
*prit doit se taire, quand il est sûr de n'exprimer que foible-*
*ment ce que le cœur lui dicte.*

Fin de la Préface.

# LETTRE A MONSIEUR ***
## En lui envoyant ce Poëme.

Monsieur,

Vous ferez, fans doute, étonné qu'un des plus grands admirateurs de M. de Voltaire ait ofé introduire dans un Poëme, imaginé fur un fujet moderne, les Dieux de la Fable qu'il a profcrits de notre Poëfie, & qu'il veut que l'on laiffe à l'Antiquité qui les inventa. Mais s'il nous défend de nous en fervir, Boileau nous recommande expreffement le contraire.

> Mais dans une profane & riante peinture,
> De n'ofer de la Fable employer la figure,
>
> C'eft d'un fcrupule vain s'allarmer fottement,
> Et vouloir aux Lecteurs plaire fans agrément.

Et ailleurs.

> Sans tous ces ornemens le vers tombe en langueur,
> La Poëfie eft morte & rampe fans vigueur;
> Le Poëte n'eft plus qu'un Orateur timide,
> Qu'un froid hiftorien d'une Fable infipide.

M. de Voltaire trouve lui-même ces allégories charmantes dans les Anciens : Pourquoi nous défendre de les imiter lorfqu'il les admire ?

Tout ce que je puis vous dire, Monfieur, en vous envoyant ce Poëme, c'eft que je l'ai écrit avec la même liberté que fi mon fujet avoit mille ans. J'ai décrit mes Batailles à la maniere du Taffe, que l'on trouve parfait en ce genre, & j'efpere que les licences que j'ai prifes ne blefferont perfonne.

J'ai l'honneur d'être, &c.

# NOMS DES PRINCIPAUX OFFICIERS

*Qui se sont trouvés au Siége de Mahon, avec leurs*

*qualités & le rang qu'ils y tenoient.*

Mgr. le Maréchal Duc DE RICHELIEU,
Commandant.

### LIEUTENANS GÉNÉRAUX.

MM. les Marquis de Maillebois & Duménil.

### MARÉCHAUX DE CAMP.

MM. les Princes Louis de Wirtemberg, & de
Beauveau, & MM. le Comte de Lannion, & les
Marquis de Laval, & de Monteynard.

### BRIGADIERS ET COLONELS.

M. le Comte d'Egmont, *Brigadier, Meſtre de Camp
de Cavalerie.*

M. le Duc de Fronſac, *Meſtre de Camp de Dragons.*

M. le Prince de Rohan Rochefort, *Colonel d'un Regiment d'Infanterie de ſon nom.*

M. le Marquis de Roquepine, *Colonel du Regiment
Royal Comtois, Brigadier.*

M. le Marquis de Monti, *Colonel du Regiment Royal
Italien, Brigadier.*

M. le Marquis de Trainel, *Colonel d'un Regiment de son nom, Brigadier.*

M. le Chevalier de Redmont, *Mestre de Camp réformé de Cavalerie, Brigadier.*

M. le Comte de Lévis-Léran, *Colonel du Regiment Royal la Marine.*

M. de la Serre, *Lieutenant - Colonel du même Regiment, Brigadier.*

M. le Marquis de Briqueville, *Colonel d'un Régiment de son nom, Brigadier.*

M. le Chevalier de Clermont d'Amboise, *Colonel du Regiment de Bretagne.*

M. le Comte de Rochambeau, *Colonel du Regiment de la Marche.*

M. de la Bliniere, *Lieutenant-Colonel du Regiment Royal, Infanterie, Brigadier.*

M. le Marquis de Même, *Colonel du Regiment de Médoc.*

M. le Chevalier de Narbonne, *Colonel du Regiment de Soissonnois.*

M. le Marquis de Sablé, *Colonel du Regiment de Hainault.*

M. le Marquis de Timbrune, *Colonel du Regiment de Vermandois.*

M. le Marquis de la Queüille, *Colonel du Regiment de Nice.*

M. le Marquis de Cambis d'Orsan, *Colonel d'un Regiment de son nom.*

M. le Marquis de Puisigneux, *Colonel du Regiment Royal, Infanterie.*

M. le Marquis de Talaru, *Colonel d'un Regiment de son nom.*

### OFFICIERS DE MARINE.

M. le Marquis de la Galiſſonniere, Lieutenant-Général, Commandant l'Eſcadre de Toulon , & môntant le Vaiſſeau , *le Foudroyant.*

### CHEFS D'ESCADRE.

*Noms des Vaiſſeaux.*

| | |
|---|---|
| M. de Maſſiac | *le Guerrier.* |
| M. de la Plure | *la Couronne.* |

### CAPITAINES.

| | |
|---|---|
| M. de Villarſel | *le Redoutable.* |
| M. de Beaumont-le-Maître | *le Téméraire.* |
| M. de la Broſſe | *le Triton.* |
| M. de S. Aignan | *le Lion.* |
| M. Dureveit | *le Sage.* |
| M. de Boiſmond | *l'Orphée.* |
| M. de Sabran | *le Content.* |
| M. de Rochemeau | *l'Hercule.* |
| M. Derville | *le Fier.* |

Je ne me ſuis point ſervi, dans le cours de mon Poëme, des noms des Capitaines de Frégate de cette Eſcadre, qui ſont au nombre de ſix, & que je joins ci-après à cette Liſte, parce qu'il n'y en avoit que quatre au Combat , & que je n'ai pas ſû quels ils étoient.

## CAPITAINES DES FRÉGATES.

Frégates.

M. Sauvin . . . . . . . . . . . . . . . . . . . *la Pomone.*
M. Beauffier . . . . . . . . . . . . . . . . . *la Junon.*
M. l'Ortobelle . . . . . . . . . . . . . . . . *la Rose.*
M. Marquisat . . . . . . . . . . . . . . . . *la Gracieuse.*
M. Carné. . . . . . . . . . . . . . . . . . . *la Topaze.*
M. Caillaud . . . . . . . . . . . . . . . . . *la Nymphe.*

---

*N O T A* au troisiéme Chant , pag. 46. il y a ces deux Vers.

*Ce fut toi., Dupinay ! d'un coup inattendu ,*
*La Méche encor en main , tu restas étendu.*

Cet Officier étoit Capitaine d'Artillerie , & j'ai voulu dé-signer sa qualité par cet Hémistiche , *la méche encore en main.*

MINORQUE.

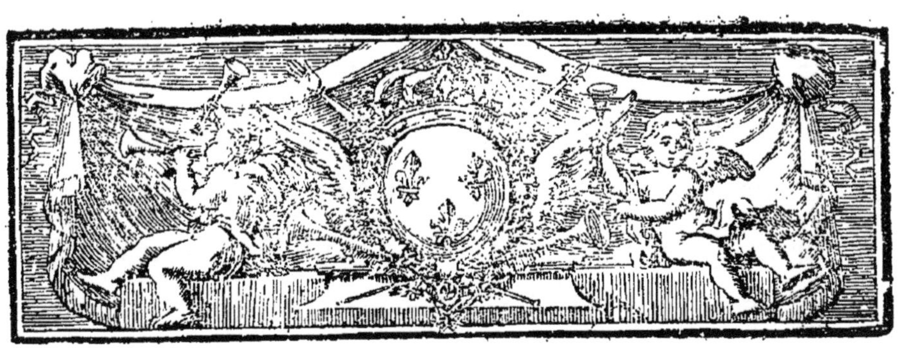

# MINORQUE
## *CONQUISE,*
### POËME HÉROIQUE.

## CHANT PREMIER.

JE chante des Français le Monarque invincible ;
Ce siége , ces combats , & cet assaut terrible ,
Qui , de Minorque aux fers écrasant les tyrans ,
Vient d'immortaliser ses nouveaux conquérans.
L'Ebre , jadis vaincu , voit venger sa disgrace.
L'orgueilleuse Albion dépouille son audace,

    Avant que d'élever une imprudente voix ,
Je devrois du fardeau mieux consulter le poids.

A

Je ne fuis qu'en aveugle un ardeur téméraire ;

Pour célébrer L O U I S , il faudroit un Homere.

Mais que fais-je grand Roi ? Qu'un fentiment fi vain

Ne faffe point tomber la lyre de ma main.

Trop de zéle, à mon âge *, eft toujours excufable.

Si ma veine aujourd'hui me femble inépuifable,

Je n'ai point de raifon pour la laiffer tarir ,

Et des lauriers fi beaux ne fçauroient fe flétrir.

Je ne t'invoque point , ô ! Nymphe du Parnaffe ,

Toi , qui rendis fameux & Milton & le Taffe :

Pour vanter ces hauts faits , accomplis en nos jours ,

Laiffe-moi m'honorer d'un plus noble fecours.

Héros , dont le génie , auffi vafte que fage ,

Des vainqueurs de Mahon fût guider le courage ,

Neveu du grand Armand , je n'implore que toi ;

Hercule des Français , fois Appolion pour moi.

Enflâme mon efprit de ton feu magnanime ;

Prête à mes vers hardis cette force fublime ,

---

* L'Auteur entre dans fon cinquiéme luftre.

Ce ton impétueux, qui prépare aux combats,

Qui brise les remparts, & donne le trépas.

Daigne auffi pardonner, fi ma mufe légere,

Ornant la vérité d'une grace étrangere,

Parmi les fictions s'égare quelquefois;

Ainfi Phœbus l'ordonne, & j'obéis aux loix.

Huit ans s'étoient paffés dans une paix profonde,

La France, fous un Roi, les délices du monde,

A plaire à ce héros bornant tous fes defirs,

Nageoit tranquillement dans le fein des plaifirs.

Ce n'étoit plus ces tems de colere & de haine,

Où nos cœurs ulcérés ne refpiroient qu'à peine.

L'Europe étoit calmée, & la Difcorde aux fers

Dévoroit fa fureur fous fes antres déferts,

Quand brifant tout à coup un frein qu'elle détefte,

Quoi, de tant de pouvoir voilà ce qui me refte!

D'un fiel contagieux nouriffant les mortels,

J'ai cent fois de leur fang vû rougir mes autels;

Dit-elle, & maintenant de la terre exilée,

Inutile en ces lieux, j'y languis défolée.

L'âge d'or va renaître , & d'éternels regrets

Vont me faire expier tous les maux que j'ai faits.

Tout déserte à l'envi mes temples sanguinaires ;

Le monde réuni semble un peuple de freres.

Allons, ne souffrons pas que de foibles humains

De ces fers plus long-tems osent souiller mes mains ;

Allons.. mais où courir ? Quels climats ? Qu'elle terre...

· · Soudain l'astre du jour lui montre l'Angleterre ,

Sejour d'indépendance & de division ,

Où naquit l'injustice & la rebellion ;

Ciel toujours orageux , redoutable puissance ,

Jalouse de toute autre , & surtout de la France.

Quel objet pour ses yeux ! D'un sinistre plaisir ,

Le monstre à cet aspect sent son cœur se saisir.

L'exemple du passé le ranime , il s'élance,

Et certain du succès , il s'applaudit d'avance,

Le vent n'est point égal à sa rapidité.

L'Hannovrien docile est lui-même infecté.

Bientôt de la Tamise il parcourt le rivage,

Laissant dans tous les cœurs des traces de sa rage,

Il s'arrête dans Londre , & fes horribles cris

De leur profond fommeil réveille les efprits.

Le peuple factieux vole , accourt & s'empreffe ;

Chacun d'eux reconnoît fa plus chere Déeffe.

On s'affemble autour d'elle , & fa bouche en fureur,

Par ces difcours amers, exhale fa douleur :

Qu'êtes-vous devenus , Anglais fi magnanimes , *

De qui tant de héros ont été les victimes,

Qui , fur un échaffaut , vîtes impunément

Votre Roi , fous vos coups , mourir honteufement ,

De vos concitoyens idoles formidables ,

Et de leur liberté foutiens inébranlables?

Revenez de Cromwel mânes audacieux ;

Dans un lâche repos voyez languir ces lieux.

Et vous , qui de Henri partageâtes la gloire ,

Lorfqu'aux champs d'Azincour il força la victoire,

Qui , rempliffant les airs du bruit de vos exploits ,

Faifiez trembler la France & lui donniez des loix ;

_________

* L'épithete magnanime , qui feroit très-mal dans la bouche de tout
autre , ne doit point fouffrir de critique dans celle de la difcorde , qui
ne doit qu'applaudir aux forfaits qu'elle a infpirés.

Contemplez vos neveux plongés dans l'indolence ,
Voyez dégénérer leur antique vaillance.
Battus près de Lauffeldt , vaincus à Fontenoy ,
Heureux que des Français ils aient fléchi le Roi ,
Ils laissent dans la paix s'éclipser leur courage ,
Et se font un honneur d'oublier leur outrage ;
Libres en apparence , ils ne daignent pas voir
Jusqu'où leurs ennemis étendent leur pouvoir.
Leur commerce bientôt n'aura plus de limites.
N'en prévoyez-vous point les déplorables suites ,
Anglais , & doutez-vous que leur impunité
N'attente , par dégré , sur votre liberté ?
Sans cesse à tant d'affronts ils en ajoutent d'autres ,
Et la mer à leurs loix obéit comme aux vôtres.

Prévenez des rivaux à vous perdre animés ,
D'autant plus dangéreux qu'ils sont par tout aimés ;
Reprenez le chemin frayé par vos ancêtres ;
Ah ! vous n'êtes pas nés pour respecter des maîtres.
Rompez de ce sommeil le charme empoisonneur ;
De votre nom flétri vengez le deshonneur ,

Et de vos fiers voisins confondant l'arrogance,

Faites rentrer les eaux sous votre obéissance;

Foudroyez ces vainqueurs, & vengez dans leur sang

Celui dont leur valeur épuisa votre flanc.

Tout flate vos desirs, l'univers est tranquile,

Et le Français sur mer, par un manege habile,

En s'égalant à vous, détruit votre pouvoir:

Mais qu'il soit confondu par son propre sçavoir.

Chez des peuples sensés, moins livrés au caprice,

On eût de ce discours mieux compris l'artifice,

Et le monstre en horreur eût été déchiré:

Mais de la liberté le fantôme adoré,

Et des deux nations la longue antipathie,

Réveillent dans l'instant leur rage appesantie.

La Discorde triomphe; avec avidité,

On dévore les traits de sa malignité;

Et Londres, que la paix enyvroit de ses charmes,

Retombe en un moment dans le sein des allarmes.

Tel qu'on voit un lion, que l'art a sçû dompter,

Oublier sous le joug, qu'il se plaît à porter,

Cette férocité qu'il tire de son être,

S'humilier, trembler sous la verge d'un maître;

Mais dès qu'on veut l'aigrir, ou que dans les forêts

D'affreux rugissemens frappent ses sens distraits,

Aussi-tôt il reprend sa fureur naturelle,

Dans ses yeux revoltés sa colere étincelle;

Son maître pâlissant n'oseroit l'arrêter,

Et sa voix ne sçait plus s'en faire respecter:

Tel ce peuple irrité, jusques-là si docile,

Rompt de lui-même un frein, désormais inutile;

Et loin que le respect puisse le contenir,

Les grands à leurs fureurs sont forcés de s'unir;

Eux qui, mieux eclairés sur les mœurs de la France,

Et de vils citoyens détestant l'ignorance,

De nos Rois & de nous furent toujours amis;

Rivaux de nos vertus, plus que nos ennemis.

Tout suit de ces mutins le transport fanatique.

De leurs paisibles toits, contre la foi publique,

Les Français arrachés sont pris & dépouillés;

De nos soldats en mer les vaisseaux sont pillés;

Captifs infortunés , le soldat en furie

Reproche à sa pitié de leur laisser la vie.

Lo u i s , que tant d'affronts irritent justement,

Pour l'honneur des Anglais, feint quelque étonnement.

Ses ministres outrés , combattant sa clémence ,

Excitoient son courage , & pressoient sa vengeance.

Toujours lent à punir, & promt à pardonner ,

Ce Prince à leurs conseils n'ose s'abandonner ;

Il sait l'effet des coups qui partent de sa foudre ,

Et son cœur généreux différe à se résoudre ,

Flaté que sa douceur ramenera la paix.

Mais ce n'est point ainsi qu'on les vaincra jamais ;

On connoit de ce peuple & l'humeur & l'audace ;

Le silence l'aigrit autant que la menace.

Mille outrages nouveaux , & peut-être inouis,

Sont le prix odieux des bontés de L o u i s.

　　Mais déja sa fureur cesse de se contraindre.

Un feu long-tems couvé n'en est que plus à craindre.

Accourus à sa voix, déja mille guerriers

Se disputent l'honneur de cüeillir ses lauriers ;

Auſſi fidelle qu'eux, la victoire brillante

Prépare un nouveau luſtre à ſa gloire éclatante.

　Tous les Rois de l'Europe, inſtruits par ſa valeur,

Des Anglais en ſecret préſageoient le malheur,

Et touchés de leur ſort, blâmoient leur imprudence.

Ceux-ci s'applaudiſſoient, dans la vaine eſpérance

Qu'une Princeſſe, aſſiſe au trône des Ceſars,

Oppoſeroit pour eux d'invincibles remparts.

Inſenſés ! Ils croyoient qu'une Reine ſi ſage,

Qui joint mille vertus au plus noble courage,

Qui, ſçavante à combattre, habile à gouverner,

Aux plus grands Potentats apprendroit à regner,

Suivant, à leur exemple, un aveugle caprice,

Voudroit de leurs complots ſoutenir l'injuſtice.

　Eux ſeuls fondant ſes droits, d'abord litigieux,

L'avoient fait élever au rang de ſes ayeux.

Que n'attendoient-ils point de ſa reconnoiſſance ?

Ils invoquoient ſon nom, & dans leur alliance

Ils comptoient des Germains tout le corps belliqueux.

De ſa dextérité Louis jugeant mieux qu'eux,

Eût craint d'en faire voir la moindre inquiétude ,

Et quoique Londre impute à fon ingratitude ,

Oublier un bienfait eft toujours d'un grand cœur ,

S'il faut le reconnoître aux dépens de l'honneur.

C'eft ainfi qu'à penfé cette augufte Princeffe :

Pour fes peuples cheris fignalant fa tendreffe ,

La gloire de regner dans une douce paix

Eft la feule où fes vœux afpirent déformais.

Laiffant donc l'Angleterre à fon fort déplorable ,

Elle croit faire affes pour cette ifle coupable

De garder le filence , & de ne point armer ,

Pour feconder un Roi , prêt à tout abîmer.

Par fes Ambaffadeurs elle en inftruit la France ;

Qui , loin de s'offenfer , admire fa prudence ,

Et par de nouveaux nœuds ferrant notre union ,

D'amie & d'ennemie elle excepte Albion.

Qui pourroit exprimer la furprife & la rage

De ce peuple , indigné quand il fut fon outrage ?

D'un fecours fi puiffant flaté de s'appuyer ,

En vain elle effaya de fe juftifier ;

Sa voix, fa foible voix ne put fe faire entendre:

C'eft armer contre lui de ne point le défendre.

Dans fes vains préjugés toujours trop affermi,

Attaché fans réferve, ou mortel ennemi,

Il ne connut jamais de milieu raifonnable

Entre l'amour aveugle & la haine implacable.

De toute fa fureur elle devient l'objet:

On la méprifoit là; l'Univers la vengeoit.

    Cependant nos foldats, remplis de confiance,

Attendoient le départ avec impatience.

De nos fages guerriers le confeil divifé

Ouvroit à chaque avis un avis oppofé,

Sans pouvoir décider quel coin de l'Angleterre

Éprouveroit d'abord les horreurs de la guerre,

Lorfque Belle-Ifle * enfin termina ces débats.

Ce foudre impérial, fameux par cent combats,

---

* On a attribué dans le Public à M. le Maréchal de Belle-Ifle, l'idée propo-
fée au Confeil, d'attaquer Port-Mahon; le deffein étant digne d'un fi grand
homme, je n'en ai point douté. Ce fut lui qui plaça Charles VII. Elec-
teur de Baviere fur le trône Impérial. Ce Prince, en reconnoiffance, le fit
Prince de l'Empire.

Que le ciel modéla sur le premier Turenne, **

Ministre & citoyen, soldat & capitaine,

De l'âge le plus mûr conservant la vigueur ;

Fit résoudre un projet digne de son grand cœur.

Voulant du premier coup écraser ces perfides,

Il tourne vers Mahon ses regards intrépides ;

Mahon, qu'aux Espagnols Londre enleva jadis ;

Climat délicieux, vaste & riche païs,

Que parent en tout tems les fleurs & la verdure.

Ce port, fortifié par l'art & la nature,

De la mer de l'Europe invincible rempart,

Au commerce Breton servoit de boulevart.

C'est en le renversant, c'est par cette conquête

Qu'il veut sur Albion diriger la tempête.

** Henri de la Tour d'Auvergne, Vicomte de Turenne & d'Oliergue, puis Duc de Bouillon & Prince de Sedan, le plus grand politique & le plus sçavant guerrier de son siécle. Il semble que les vertus incomparables de M. de Turenne son fils, qui a porté à son plus haut point de perfection le grand art de la guerre, ayent fait oublier celles de ce Prince, qui ne devroient pas être moins cheres à la postérité. C'est aux Ecrivains à conserver, autant qu'il est possible, la mémoire des grands Hommes, sortis, surtout, de Maison aussi illustre que celle d'Auvergne, qui depuis plus de neuf cens ans, ne le céde qu'aux maisons Royales.

L o u i s à cet avis s'empreſſe d'applaudir ;

Les obſtacles groſſis ne font que l'enhardir ;

Il rougiroit auſſi d'employer la ſurpriſe.

Mais à qui confier cette noble entrepriſe ?

Il chérit trop Belle-Iſle & ſes conſeils prudens ,

Pour expoſer ſes jours au caprice des vents :

Même il a ſes deſſeins , alors qu'il le menage.

De nos bouillans guerriers quelque ſoit le courage ,

Pour vaincre ſûrement , il leur faudroit l'appui

D'un chef auſſi vaillant , auſſi ſage que lui.

　De tout rang, on briguoit l'honneur de cette place.

Rarement à la Cour , lorſqu'un choix embaraſſe,

De tant de concurrens le mérite eſt vainqueur ,

Et toujours la vertu le céde à la faveur.

Mais L o u i s , en vrai Roi, fait confondre la brigue ;

En vain ſes généraux s'épuiſent en intrigue ,

La gloire eſt ſa balance , & pour régler ſon choix ,

Leurs exploits ſont comptés , & lui ſervent de poids.

　De Belle-Iſle excepté de cette préférence ,

Qui pouvoit y prétendre avec plus d'aſſurance

Que ce Cefar français , qu'on vit à Fontenoy *

Ramener la victoire , infidélle à fon Roi ?

Genes réduite aux fers , à fa feule prudence

Dût la fin de fes maux ; & fa reconnoiffance ,

Sur un marbre immortel couronnant fon vengeur ,

D'un hommage éternel honora fa valeur.

Voilà ce qui parloit pour ce guerrier aimable ,

Ce qui flattoit fes vœux d'un fuccès favorable.

Ajoutez que L o u i s , qui l'aima de tout tems ,

Relevoit par ce nœud ces titres éclatans.

Pour ce Roi généreux quelle douceur nouvelle ;

De choifir un héros dans un ami fidele ,

Et de voir la juftice appuyer de fes droits

Celui pour qui le cœur avoit donné fa voix !

Richelieu , des deftins tu fixes l'inconftance ,

Et ton nom triomphant emporte la balance.

Vainqueur de fes rivaux , il fe montre aux foldats ,

Qui brûloient en fecret de marcher fur fes pas.

---

* Tout le monde fçait que , fans l'habile manœuvre que fit M. le Maréchal de Richelieu , la bataille de Fontenoi étoit perdue.

Ils préfagent fa gloire , & leurs cris d'allégreffe
De L o u i s jufqu'aux cieux élevent la fageffe.

Vous, que le fort deftine aux plus hautes grandeurs,
Voulez-vous fur le trône enchaîner tous les cœurs ?
Sachez , comme L o u i s , prifer le vrai mérite :
Que l'exemple l'anime & que l'efpoir l'excite,
Et foigneux d'écarter les traits des envieux ,
Faites, par vos bienfaits , naître des Richelieux.

De la jeune nobleffe une foule héroïque ,
Jaloufe d'abbaifer la fierté Britannique,
Sous un chef fi vanté défiant les hafards ,
Pour tenter le péril , accourt de toutes parts.
Fronfac , le digne fils d'un fi glorieux pere ,
Digne auffi des ayeux que lui donna fa mere , *
Se préfente à leur tête , & veut , fous fes drapeaux ,
De la guerre, avec eux , effayer les travaux.
Je vois voler d'Egmont , l'efpoir de fa famille ,
Et qui de Richelieu vient d'époufer fa fille.

---

* Madame de Richelieu étoit fille du Prince de Guife , de fa maifon de Lorraine , fi féconde en héros.

Sophie

Tel qu'un autre Altamor, fon courage guerrier

Laiffe auffi-tôt le mirthe à l'afpect du laurier,

Et s'arrachant des bras d'une époufe adorable,

Du moment qu'il paroît, il eft inimitable.

Sophie en le quittant, renferme fes regrets;

L'éclat de fes vertus égale fes attraits.

Elle aime mieux encor paffer à fa jeuneffe

Un excès de valeur, qu'un excès de foibleffe;

Si la crainte de perdre un époux fi chéri

Arrache des foupirs à fon cœur attendri,

Ses maux font compenfés par la douce efpérance

De le voir mériter fon illuftre alliance. *

Ainfi que Duménil, le brave Mailleboïs

Venoit de ces héros partager les exploits;

Ou, pour en mieux parler, ce démon de la guerre

Venoit pour leur apprendre à lancer le tonnerre.

* On n'entend point, par ce vers, parler de la Nobleffe de M. le Comté d'Egmont, qui brille depuis trop long-temps dans le plus haut éclat pour la vanter ici; mais dire feulement que, venant de s'allier à une famille de héros, il va en mériter la gloire en devenant héros comme eux.

Monteynard , Virtemberg , Lannion & Laval ,

Non moins ardens que lui , marchent d'un pas égal.

Plus fier de sa valeur que du grand nom qu'il porte ,

Beauveau cede comme eux au zéle qui l'emporte.

On comptoit après lui Beaumanoir , Saint Tropès ,

Et l'habile Monti , l'auteur de nos succès.

( Il ignoroit encor quelles palmes brillantes

Devoient croître bientôt sous ses mains triomphantes)

Roquepine les suit , Briqueville , Redmont ,

Lévis & de Trainel , Rochefort & Clermont ,

La Serre , Rochambeau , la Bliniere & mille autres ,

Dont les noms, mis ailleurs, * n'ont point le sort des

vôtres ,

Magnanimes soldats , qui, par tant de beaux faits ,

Méritiez dans nos cœurs de vivre pour jamais !

Tels voloient à Mahon les chefs de cette armée ,

Que guidoit la victoire avec la renommée.

* On fait entendre , par cet hémistiche , aux premiers Officiers que l'on n'a pas nommés ici, qu'on les a dédommagés dans les autres Chants, afin qu'ils ne s'offensent pas de ne s'y point voir d'abord.

On fuyoit de Paris, lorfque ce Dieu malin,

Amour, qui contre nous ne s'arme point en vain,

Autant par intérêt que par reconnoiffance,

Réfolût de combattre en faveur de la France.

Ce n'eft qu'un foible enfant ; mais il porte des dards

Que n'ont jamais parés les plus fermes remparts.


*Fin du premier Chant.*

# CHANT II.

CE Dieu depuis long-tems n'habitoit plus Cithere;

Il fixoit dans Paris son sejour ordinaire.

C'est là que, prodiguant ses plus cheres faveurs,

D'un sexe né sensible il gagnoit tous les cœurs.

Il en avoit banni les soupirs & les larmes,

Et leur soumission les exemptoit d'allarmes.

On n'y connoissoit point ces funestes langueurs,

Ces soucis dévorans, ces dédains, ces rigueurs,

Dont son couroux aigri punit la résistance,

De quiconque redoute ou brave sa puissance.

On n'y versoit des pleurs qu'en ces heureux momens,

Où le feu des plaisirs les arrache aux amans.

Dans ces lieux fortunés, qu'enchantoit sa présence,

Tout plaisoit, tout suivoit une aimable licence.

Le caprice lui-même avoit son agrément.

La vertu se paroit des traits de l'enjoûment.

Comme elle au goût du tems compofant fon vifage,

La raifon féduifoit fous l'air du badinage.

L'artifice prétoit à l'infidélité

Le voile ingénieux de la fimplicité ;

Et le defir piquant de la froide indolence,
Pour mieux fe fatisfaire, affectoit l'apparence.

C'eft ainfi qu'on voyoit renaître dans Paris

Les beaux jours, qu'à fon peuple avoit donnés Cypris.

Libres de préjugés, les amans & les belles

Y bruloient fans rougir de mille ardeurs nouvelles.

Fideles au plaifir, ils fe jouoient d'un cœur,

Tels que le papillon qui careffe une fleur. *

Mais amour, trop facile à répandre fes graces,

N'en recüeilloit fouvent que d'ameres difgraces.

L'homme ne fe connoît que dans l'adverfité ;

Il devient infolent dans la profpérité.

* Les Dames vertueufes auroient tort de s'offenfer du portrait que l'on fait ici des amours de Paris. La Poëfie, légere & frivole, eft comme une abeille, qui ne prend que le fuc des fleurs ; & fon fait eft de donner un coloris aimable à tous les défauts. Une exacte fidélité n'a pas befoin d'être louée en vers.

Au front rude & chagrin , l'ennuyeufe fageffe

Traitoit impunément fes plaifirs de foibleffe,

Ceux mêmes qu'il combloit du plus parfait bonheur ,

Dénigroient les premiers leur tendre bienfaiteur.

    Piqué de ces affronts , fa vive impatience

Méditoit contre nous une jufte vengeance.

Il étoit fur le point de fufpendre le cours

Des faveurs que fa main prodiguoit fur nos jours,

Quand d'attaquer Mahon le grand projet éclate.

De fe venger en Dieu l'occafion le flatte.

Il ne nous engageoit que par la volupté;

Pour donner à ce nœud plus de folidité ,

Soudain il prend fon arc , & d'une aîle rapide,

Il revole à Cithere , où fon dépit le guide.

Là , fous un toit de fleurs raffemblant les amours ;

Déguifant fa colere , il leur tient ce difcours :

    Aimables conquérans, vous qui, fuivant mes traces,

N'avez pour triompher que les armes des graces,

Qui , par tout redoutés & par tout défirés ,

N'enchaînez vos captifs qu'avec des fers dorés ,

Et qui voyez encor, fous vos loix les plus dures,

Bénir votre rigueur & chérir vos bleffures,

Apprenez mes deffeins : fur l'Empire français

Vous & moi, nous n'avons verfé que des bienfaits.

Je n'ai pas cru pouvoir affez payer leur zéle,

Et je n'ai jamais eu de peuple plus fidéle.

Je m'y vois en tout tems chéri, fêté, fuivi,

Et les cœurs fous mes loix s'y rangent à l'envi.

C'eft peu qu'à leur bonheur je travaille fans ceffe ;

Ainfi que leurs plaifirs, leur gloire m'intéreffe.

Vous favez les forfaits des peuples d'Albion,

Vous favez leurs fureurs & leur rébellion,

Je dois vous en paffer le récit inutile.

La foudre de L o u i s menace enfin leur Ifle :

Ce Prince, réfolu de les humilier,

Aux mains de Richelieu vient de la confier ;

Richelieu, que l'on vit, au fortir de mes temples,

Donner aux champs de Mars d'héroïques exemples.

Je ne m'étendrai point fur ce que je lui dois.

Comme Céfar, vaillant & docile à mes loix,

Je fus le premier Dieu qui reçût ses hommages,

Des vœux prématurés & des soupirs volages

Par des liens charmans l'attacherent à moi,

Et d'abord en Zéphir il me donna sa foi;

Depuis, un tendre hymen fût le rendre fidéle.

Du couple qui n'aquit d'une union si belle,

L'une, par ses attraits, fait à mille jaloux

Envier le bonheur de son illustre époux;

L'autre, né courageux autant qu'il est aimable,

Menace d'être un jour doublement redoutable;

Et je crains bien de perdre un cœur si précieux,

Si la gloire une fois vient briller à ses yeux.

Pour parer ces malheurs, faisons quelque prodige.

Notre intérêt commun, notre honneur, tout l'exige.

Minorque lui promet un triomphe éclatant;

Allons cüeillir pour nous ces lauriers qu'il attend.

Captive des Anglais, la nation guerriere,

Dans son propre païs devenue étrangere,

Déteste la fierté d'un maître impérieux,

Qui sous d'indignes fers fait gémir ces beaux lieux.

Du plus puiſſant des Rois  vantons lui la clémence ,

Vantons lui des Français  la gloire & la vaillance ,

Et ſoumettant ainſi Mahon à leur pouvoir ,

Attachons les encor par  le nœud du devoir.

Il dit ; a ſes deſſeins les amours applaudiſſent ,

De leurs tendres clameurs les échos retentiſſent ,

Et déja s'élevant ſur  la plaine des airs ,

Juſqu'au pied de Minorque  ils ont franchi les mers.

Au tems des premiers Grecs , ſuivant la renommée,

Du  nom de Baléus cette Iſle fut nommée.

Elle eut  d'abord ſes  Rois , enſuite  ſes tyrans ;

Carthage & les Romains furent ſes conquérans,

Les Vandales , les Goths & d'infâmes Tartares

De ces climats ſi doux firent des cieux barbares,

Le ſort les délivra de ces hôtes fâcheux.

A l'Eſpagne ſoumis , les Minorcains heureux

Par trop d'ambition devinrent infidéles :

Mais Alphonſe au devoir fit rentrer ces rébelles.

Depuis, on ne dit point qu'ils ſe ſoient revoltés ;

Ils ont chéri leurs Rois , ils les ont reſpectés,

On vit leur défefpoir, lorfque l'Anglois terrible
Ofa les arracher au joug le plus paifible.
Remplis du fouvenir de leur bonheur paffé,
Leurs regrets jufqu'ici n'ont point encor ceffé.
Peuples infortunés, c'eft trop verfer de larmes;
L o u i s va mettre enfin un terme à vos allarmes;
La douce liberté va renaître à vos yeux.
Tant de zéle a toujours intéreffé les dieux,

Le foleil de fes feux n'éclairoit plus le monde;
Ses courfiers fatigués fe repofoient dans l'onde;
Et Diane, à fon tour brillant fur l'horizon,
Faifoit fuivre à fon char les traces d'Apollon.
De l'agréable nuit la fraîcheur tempérée
Avoit chaffé du jour l'ardeur immodérée.
C'étoit pendant fon cours que, pour refpirer l'air,
Les belles en été pouvoient fe raffembler,
Et fe faifant fentir par des chaleurs cruelles,
L'aftre brûlant des cieux les retenoit chez elles.
Dès qu'il difparpiffoit, elles couroient alors
De Neptune charmé couvrir les heureux bords.

Ce fut dans ces momens que leur aimable maître,

Amour les attendit , & qu'il les vit paroître.

Il avoit sagement déguisé ses appas.

Mille jeunes amans folatroient sur leurs pas.

Tels les Zéphirs legers, au lever de l'Aurore,

Aiment à se jouer près des Nimphes de Flore.

   Bientôt l'essain galant vint à s'entretenir

De leur captivité, que rien n'a pu finir.

Un bruit , dit Mezzina , commence à se répandre

Que le Roi des Français arme pour nous défendre ,

Qu'au pouvoir Britannique il cherche à nous ravir.

Ah ! Répond Amedy, de quoi peut nous servir

Que Mahon de L o u i s devienne le partage ?

Nous ne ferons helas ! que changer d'esclavage.

On connoît les Français ; volages , fastueux ,

Vains , n'estimant qu'eux seuls , & nés voluptueux ;

L'usage & non le cœur les forme aux politesses ,

Voilà comme on les peint. Sans doute nos richesses

Vont nous en faire encor de nouveaux ennemis.

Il n'est point de bons Rois pour les peuples conquis.

C'eſt parler des Français comme en parle l'envie,
Reprit modeſtement la ſage Béralie.
Ils ſont polis ſans fard, & leurs Rois généreux
Ont été de tout tems l'appui des malheureux.
Jamais ils n'ont uſé d'un pouvoir tyrannique.
Elle alloit achever ce tableau véridique,
Quand l'amour, en Berger, aſſis ſous un ormeau,
Frappa l'air attendri des ſons d'un chalumeau.
Soudain pour l'écouter les bouches ſe fermerent;
Du côté du Paſteur tous les yeux ſe tournerent.
Flaté de ce début, par des accords touchans,
Il prépare l'oreille a de plus nobles chants,

Et prenant d'Appollon la voix & le délire,
De L o u i s, par ces vers, il leur vante l'Empire :
    Charmant ſejour, mortels favoriſés des Cieux,
Que vous allez joüir d'un bonheur précieux!
Que bientôt votre ſort ſera digne d'envie!
Juſqu'ici mille maux ont troublé votre vie;
Mais un Roi glorieux s'apprête à vous venger:
Hâtez-vous ſous ſes loix de venir vous ranger.

Ne craignez point ce Roi craint de toute la terre ;

Un avare defir n'arme point fon tonnerre.

Non , non , tous vos tréfors ne fauroient le tenter ,

Ce n'eft que pour vos cœurs qu'il eft à redouter :

Mais ne vous flattez point de pouvoir les défendre ;

Ce héros fait trop bien comment on doit les prendre.

Il ceffa de chanter , & la troupe d'amans

Fit retentir au loin fes applaudiffemens.

Des fons qu'il a formés le fujet intéreffe ,

A le voir de plus près chaque belle s'empreffe ;

Mais amour n'attend pas qu'on le vienne chercher.

Il feint en rougiffant de n'ofer approcher.

On le careffe , on rit de fon maintien timide.

Puis , dès qu'il fut affis , la jeune Pétronide ,

Qui d'un œil languiffant regardoit le pafteur ,

Lui tient en foupirant ce langage flateur :

O vous ! Divin berger , dont le charme & la grace

Auroient fait oublier le chantre de la Thrace ,

Vous célébrez un Roi qui nous eft peu connu.

Au bout de l'Univers fon nom eft parvenu ;

Nous en avons appris les vertus héroïques ;

Mais nous n'en savons point les vertus pacifiques.

Si la vérité seule anime votre voix,

Oui, nous devons voler au-devant de ses loix.

Mais connoiffez-vous bien ce Monarque invincible ?

Aux malheurs de Minorque eft-il vraiment fenfible ?

Nous l'avez-vous dépeint comme il eft en effet ?

Hélas ! Pour nous tromper vous ne femblez pas fait,

   Ah ! Lui répond l'Amour, avec des yeux de flâme,

Que je voudrois pouvoir vous dévoiler fon ame !

Mais pour vous en tracer le fidéle tableau,

D'un peintre plus habile il faudroit le pinceau.

J'ai vû long-tems ce Prince au fein de fon Empire ;

Je l'admirai, Madame, & toujours je l'admire.

Rappellez-vous Céfar, Aléxandre & Titus ;

Figurez-vous un Roi formé fur leurs vertus,

Qu'il foit plus grand encor ; ce Prince imaginaire

Sera devant L O U I S un mortel ordinaire.

Pour reffembler en tout à la divinité,

Il ne lui manqueroit que l'immortalité.

Ciel, conserve ses jours, c'est ton plus digne ouvrage;

Il est pour ses sujets le plus précieux gage,

Que jamais à leurs vœux ait donné ton amour.

Les arts de ses bienfaits renaissent chaque jour.

Au Tibre si vanté pour égaler la Seine,

Il voulut de sa main leur choisir un Mécéne. *

Redoutable au dehors, magnifique au dedans,

Adoré de son peuple, imité de ses grands,

Sous un regne si doux, une amoureuse yvresse

Même à l'hyver des ans dérobe sa tristesse;

A tout âge on y sent d'agréables désirs,

Et la Cour de Versaille est la Cour des plaisirs.

Quand il fallut quitter cette ville chérie,

Je semblois un Romain banni de sa patrie.

O! Combien j'ai maudit le sort qui, malgré moi,

M'éloigna par devoir du plus aimable Roi!

---

* Mr de Machault.

Le goût marqué que ce grand Homme a pour les arts, & la géné-
reuse protection qu'il leur accorde, demanderoient qu'on lui donnât
un nom encore plus beau que celui de Mécene, s'il n'étoit consacré
depuis long-tems à tous les plus aimables Ministres de leur siécle,

Mais j'emportai ſes traits gravés dans ma mémoire,

Depuis, je n'ai ceſſé de célébrer ſa gloire ;

Mon foible chalumeau lui conſacra ſes ſons,

Et L o u i s eſt partout l'objet de mes chanſons.

Vous allez le ſervir, ce Prince incomparable,

Que vous devez bénir le deſtin favorable !

Qu'il venge bien vos maux ! c'eſt ainſi qu'il parloit,

Lorſqu'il mit à ſa main un riche bracelet :

Entre les diamans qui décoroient l'ouvrage,

Les graces de L o u i s avoient empreint l'image.

Redoublant ſon éclat, la ſœur du Dieu du jour

Etoit pour cette nuit d'accord avec l'amour.

Ce portrait rayonnant frappe les yeux des belles ;

Son feu les éblouit. Ah ! s'écrierent'elles,

Berger, d'où tenez-vous ce ſuperbe ornement ;

Et quel être divin, ou quel mortel charmant

Embellit de ſes traits cette noble parure ?

Du Roi que j'ai chanté c'eſt l'auguſte figure,

Reprit-il ; vous voyez des Princes de nos jours....

On ne le laiſſe point pourſuivre ſon diſcours ;

*On*

On se jette sur lui, d'une main envieuse,
On ôte de son bras l'image glorieuse..
Le cercle, en l'admirant, sent étouffer sa voix;
Un doux palpitement les agite à la fois.
Le cœur en ces instans parle mieux que la bouche.
On presse ce portrait, des lèvres on le touche;
Plusieurs même, donnant l'essor à leur amour,
De larmes de plaisir le mouillent tour à tour.
Mais leur naissante ardeur s'accroissoit à mesure
Que leurs yeux de plus près en fixoient la gravure;
Amour, par un effet de ses charmes divins,
Avoit tissu le tout de ses dards les plus fins.

LO UIS, ô que d'amans envierent ta place!
Des plus froides alors tu sus fondre la glace.
Quel doit être l'effet de tes regards vainqueurs,
Lorsque ta seule image enchante tous les cœurs?
Maintenant ce n'est plus qu'une voix unanime;
Non, dit-on au Pasteur, d'un Roi si magnanime,
Vous, qui nous engagiez à rechercher l'appui,
Vous n'aviez pas besoin de rien dire pour lui;

Mieux que vos plus beaux chants, ce portrait adorable
Nous fait sentir le prix de son joug desirable.

Fier d'un si prompt succès, d'un vol mystérieux,
Amour porte plus loin ses traits victorieux.
Il fuit, & pour L o u i s laissant l'objet champêtre,
On ne s'apperçoit pas qu'il vient de disparoître.

Le reste des amours, dans l'isle dispersés,
Par de moindres progrès n'étoient pas avancés.
Ils avoient de leur maître imité la prudence ;
Et déja les esprits, cédant à leur puissance,
Aspiroient de concert à ces momens heureux,
Ou le Roi des Français devoit l'être aussi d'eux.
Le sommeil est banni ; dans l'ardeur qui les brûle,
L'air recevoit à peine un léger crépuscule,
Lorsqu'on vit dans Mahon les divers Minorcains,
Qui venoient s'assembler par différens chemins.
Tout ce peuple, exaltant le bonheur de la France,
Décria des Anglais le faste & l'arrogance,
Et chacun, prévenu des mêmes sentimens,
A L o u i s, en leur place, engage ses sermens.

Aux acclamations qui frappent son oreille,

Dans un horrible effroi Blaskeney se réveille.

Jeffrys, au même bruit, écume de couroux.

Ennemi des Français, de leur gloire jaloux,

Il écoute, & d'abord croyant que c'est un songe,

Il querelle ses sens d'un si grossier mensonge.

Plus son œil s'éclaircit, & plus la vérité

Ajoute au trouble affreux dont il est agité.

Alors, ne doutant plus, d'une voix de tonnerre,

Faisons, dit-il, rentrer au centre de la terre

Ces mortels insensés qu'Albion a soumis,

Et qui l'osent trahir pour de vils ennemis.

Il se leve à l'instant, & tout bouillant de rage,

Il court chez Blaskeney pour conjurer l'orage.

Ami tout est perdu, lui dit en soupirant,

Ce vieillard, que la peur rendoit presque expirant.

Quoi, Seigneur, à ces cris n'oseriez-vous répondre?

Reprit-il, ah ! Voilà qui saura les confondre.

En prononçant ces mots, il porte sur son fer

Une main, dont l'audace eût défié l'enfer.

L'Angleterre à nos foins a confié cette ifle ;

Loin de nous allarmer d'une crainte inutile ,

Au prix de notre fang, fauvons fes intérêts ,

Pourfuit-il, montrons-nous, nos guerriers font-ils prêts?

C'eft à moi de combattre , & vous , avec fageffe ,

Courez vous emparer de notre fortereffe,

Tant qu'il nous reftera le feçours de fes murs ,

Je vous promets , pour moi, des fuccès toujours fûrs.

Ce ton de Blaskeney ranime le courage ;

Il rougit d'un effroi trop commun à fon âge.

Il fe préfente alors cent foldats courageux,

Brûlant de fe montrer , Jeffrys part avec eux ;

Et fuivant fans délai fes confeils falutaires ,

Blaskeney mene au fort fes plus vieux militaires.

Aurois-tu crû fitôt, préfomptueux Jeffrys ,

Avoir à te louer d'un fi prudent avis ?

Bien plus , tu te flatois que ta feule préfence

Suffiroit pour forcer les mutins au filence.

La troupe qu'il conduit groffit à chaque pas :

Il comptoit plus fur lui que fur tous ces foldats.

Mais qu'il fut bien puni de tant de confiance !

Du plus loin qu'on le voit, on l'infulte, on s'avance,

On fe joint, & des fiens les plus promts à voler

N'attaquent de plus près que pour mieux reculer.

L'acier vomit le feu, plus d'une tête altiere,

Qu'un plomb mortel atteint, roule fur la poufſiere.

La fanglante victoire entre les combattans,

Trop inégaux en nombre, héfite peu de tems.

Jeffrys, cédant lui-même, entraîne dans fa fuite,

Tous ces braves guerriers qui marchoient à fa fuite.

Le Vaïnqueur, fatisfait de fa profpérité,

Les laiſſe dans le fort s'enfuir en liberté.

    Mais les cruels, piqués de leur défavantage,

Par mille & mille horreurs défolent leur paffage.

Armés ou défarmés, malheur aux Minorcains

Qu'un hafard imprévû fait tomber fous leurs mains.

Tels que des loups, entrés dans une bergerie,

D'un chien plus redoutable évitant la furie,

Dévorent en fuyant & traînent par lambeaux

Les reftes innocens des timides agneaux :

C iij

Tels ces defefpérés , dans leurs excès infâmes ,

Déchirant  fans pitié vieillards , enfans & femmes ,

Les ménent tous fanglans jufqu'au fort redouté ,

Dont la chûte mit fin à leur captivité.

Cependant les Français , de la cité fameufe , *

Qui brava des Céfars la puiffance orgueilleufe ,

Et qui fût mériter par fa haute valeur

Que Rome l'honora du titre de fa fœur ,

Voyoient déja loin d'eux reculer le rivage.

Le fougueux aquilon , fous fon antre fauvage ,

Enchaîné par le dieu qu'adore l'univers ,

Avoit aux doux zéphirs abandonné les mers,

Du haut de fes vaiffeaux , déja toute l'armée

Découvre les cinq forts de Minorque opprimée ,

Capitaine & foldat , tout falue à la fois

Ce port où l'ennemi ne donne plus de loix ;

Et l'afpect de Mahon , qui leur femble imprenable ,

Ne fait que redoubler leur zéle inaltérable.

* Marfeille

Ils n'étoient point inftruits par quels fecrets refforts

Le peuple en leur faveur fe difpofoit alors,

Ni comment, des Anglais bravant la tyrannie,

Toute l'ifle contr'eux fe trouvoit réunie.

On entendoit leurs cris en voyant nos foldats;

Pour des cris d'allégreffe on ne les prenoit pas.

On fe hâte, on approche, & nos foudres terribles

Les ménaçoient déjà de leurs bouches horribles.

O furprife! On aborde, & ce peuple vers nous

Vole, fe précipite & tombe à nos genoux.

Richelieu leur paroît un ange tutélaire.

On reconnoît Fronfac aux regards de fon pere;

Ses graces, tempérant la fierté du héros,

L'euffent fait foupçonner pour le Dieu de Paphos.

Tel de la maifon d'Eft le rival de Virgile *

Dans le jeune Renaud nous à dépeint l'Achille.

A cet air, dont d'Egmont fait deviner fon rang,

On fent qu'il mérita de s'unir à leur fang.

* Le Taffe.

Tous trois on les entoure, on les chante, on les fête,

Et ce jour pour Minorque eſt un jour de conquête.

Ils marchent , & nageant dans un air embaumé

Que de l'ambre & du myrthe amour a parfumé,

Il ſemble, ſur leurs pas , que les filles de Flore

Se parent à l'envie & s'empreſſent d'éclore.

 Tels que de l'univers ces mortels ennemis , *

Aux honneurs triomphaux par le ſénat admis,

Venoient aux yeux de Rome étaler leur victoire ;

Egalés à leurs dieux & rivaux de leur gloire,

Des peuples avec eux ils partageoient l'encens ;

De l'éclat de leur pompe ils enyvroient leurs ſens ;

Tel entre dans Mahon le défenſeur de Genes,

Mieux couronné cent fois que ces têtes romaines.

Mais malgré le plaiſir dont ſon cœur eſt épris,

On prévenoit ſon Prince , il ne fut point ſurpris.

* L'épithéte de mortels ennemis de l'Univers convient parfaitement aux Romains, qui ont fait la guerre à tous les peuples du monde, pour mériter le titre funeſte de Vainqueurs de la terre.

*Fin du Second Chant.*

# CHANT III.

Suivi de ſes guerriers, d'un pas noble & tranquile,

Tandis qu'il parcouroit le vaſte ſein de l'iſle,

Dans le Fort de Mahon les Anglais renfermés,

De rage, de dépit, de vengeance animés,

Appelloient à grands cris les ſecours d'Angleterre.

Ils avoient de la France éprouvé le tonnerre.

Du geſte & de la voix le ſuperbe Jeffrys

Des moins audacieux raſſure les eſprits.

Que craignez-vous, dit-il ? ces murailles épaiſſes

Qui braveroient du ciel les foudres vengereſſes,

Ces énormes rochers, inſenſibles aux coups,

Repouſſeront la mort & combattront pour vous ;

Ils vous défendront mieux qu'un courage ſublime ;

La flâme vainement va pleuvoir ſur leur cime,

Vous verrez l'ennemi languir, ſe conſumer

Avant que ſes efforts ayent pû les entamer.

En effet, de rochers une chaine invincible
Rendoit aux plus hardis Mahon inacceffible.
Des redoutes fans nombre & d'immenfes travaux ,
Des mûrs voifins des cieux , auffi larges que hauts,
Défendoient au dehors cette langue de terre
Qui fembloit infulter à tout l'art de la guerre.
Elle avoit au-dedans un profond foûterrain ,
Impénétrable au feu que fait voler l'airain ,
Où logeoit le foldat , garanti par fes mines.
Un roc fur fon foffé s'élevoit en courtines.
Ce fort , qui diffipa les tréfors d'Albion ,
Eût fait rire jadis de l'orgueil d'Ilion ;
Et le fils de Thétis , fi vanté dans la Gréce ,
Avant de le réduire , y fut mort de vieilleffe.

Mais lorfque Richelieu commande les Français ,
Quels rochers font pour eux de difficile accès ?
Quel rempart à leurs coups peut être inébranlable ?
Fiers rivaux , contemplés ce guerrier redoutable :
Quelle fubite horreur trouble déja vos fens !
Vous n'ofez foutenir fes regards menacans !

Il vient, il va venger l'honneur de sa patrie ;
Méritez qu'il pardonne à votre barbarie.

Mais non, l'inftant qui fuit à banni leur effroi ;
Ils aiment mieux la mort que de fubir fa loi.
J'effrys fans s'étonner voit nos foldats paraître,
L'audace dans les fiens commence de renaître ;
Et voulant profiter de cet heureux moment,
Où le Français, en plaine & fans retranchement,
Et furtout fatigué des longueurs du voyage,
Pour unique rempart n'avoit que fon courage,
Allons, dit-il, marchons ; c'eft aux guerriers obfcurs,
A ne braver la mort qu'à l'abri de leurs murs :
Mais ce n'eft point ainfi que nous devons l'attendre ;
Que l'affaillant lui-même apprenne à fe défendre ;
Frappons, exterminons ; vous voyez des Français,
Amis, fouvenez-vous que vous êtes Anglais.
Il en a dit affez. Ses perfides cohortes
De Mahon à l'iftant fe font ouvrir les portes.
Mais ce fage vieillard qui tient l'autorité,
Sentant de ce deffein le peu d'utilité,

Se montre , & reprenant leur zele téméraire

Avec cette douceur , alors si néceſſaire ,

De Jeffrys , par ces mots , il réprime l'ardeur :

   J'eſtime & je connois votre haute valeur.

Je ne douterai point que votre bras terrible

Dans ces corps ennemis ne laiſſe un vuide horrible ;

Mais auſſi , pourſuit-il , où me réduiſez-vous ,

Si leur nombre réſiſte à l'effort de vos coups ?

Eux & vous dans nos murs fondrez bientôt enſemble

A l'aſpect d'une épée eſt-ce un Français qui tremble?

En valeur avec eux nous ne ſommes qu'égaux ,

Et c'eſt encor beaucoup que d'être leurs rivaux.

Au hazard quelquefois il eſt beau qu'on s'expoſe ,

Mais on ſe deshonore à le braver ſans cauſe.

Nous recevrons dans peu les ſecours d'Albion ;

Et faiſant avec eux une diverſion ,

L'ennemi ne ſachant où donner de la tête ,

Vous irez le ſurprendre & doubler la tempête.

Sans ſupport , ſans reſſource , & ſous un ciel nouveau ,

Il ne pourra manquer d'y trouver ſon tombeau.

Mais n'allez point risquer par de folles ménées
De perdre en un moment le fruit de tant d'années.

Ainsi Blaskeney parle ; il est maître, & Jeffrys
Est forcé de rougir d'un dessein si mal pris.

Cependant de L o u i s les troupes diligentes
Sur leurs divers terreins avoient dressé leurs tentes.
D'un Trompete Français la prompte mission
A peine a rapporté les refus de Mahon,
Que l'on voit s'élever ces machines bruyantes
Qui portent dans leurs flancs milles morts effrayantes.
La nuit couvre les cieux, ce sont des soins nouveaux.
Le guerrier ne connoît ni péril ni repos.
A la faveur de l'ombre, on entr'ouvre la terre
Pour joindre l'ennemi sans craindre son tonnerre.

Tel qu'un foible ruisseau, par cent & cent détours,
S'unit aux eaux d'un fleuve & se perd dans son cours ;
L'œil ne peut discerner par où son onde pure
Au rivage éloigné fraye une route sûre ;
Ou bien tel qu'un serpent d'une énorme grosseur,
Que sur le pied d'un mont rencontre un voyageur,

Par ſes plis & replis trompe ſon adverſaire ;

Il ſe courbe, il s'allonge, habile à le diſtraire,

Et vainqueur par la ruſe, il déchire le flanc

De celui qui déja croit voir couler ſon ſang :

Tel, par ſes longs circuits, le chemin qu'on ſe trace

Conduit vers l'aſſiégé l'aſſaillant qu'il menace.

Nos foudres ſur ſes murs commençoient à tomber ;

Les remparts ébranlés trembloient ſans ſuccomber.

Du côté des Anglais, un plus terrible orage,

Avec le même bruit, cauſoit plus de ravage.

Nous n'avions point comme eux d'invincibles ren-
   forts,

Et ſouvent leurs éclairs frappoient autant de morts.

Mais quel fut le premier dont l'ombre valeureuſe

Alla joindre du Styx la rive ténébreuſe ?

Ce fut toi, Dupinay ! D'un coup inattendu,

La méche encore en main, tu reſtas étendu.

Il meurt en frémiſſant. D'une large bleſſure

Wirtemberg, comme lui, ne peut parer l'injure :

Mais prête à l'entraîner , la cruelle Atropòs ,

Par l'ordre des deftins , refpecte ce héros.

De l'appuy des Céfars * il eft le plus beau refte ;

Son nom fait reculer ce fantôme funefte.

Méri dans les enfers fuit le jeune Rozan.

Un trépas lent emporte & Verrier & Chaban.

Révétifon , atteint par un éclat de pierre ,

Le front teint de fon fang , s'éloigne avec Rupiere.

Trois jours s'étoient coulés ; ces combats meurtriers

Sans ceffe moiffonnoient nos plus ardens guerriers.

Telle , aux premiers frimats , la feüille jauniffante

Couvre le fond des bois de fa chute abondante.

Mais ces chemins , creufés pendant le cours des

nuits ,

Jufques au pied des murs étoient enfin conduits.

Surpris de ces travaux , les affiégés palirent ;

Tant de célérité , qu'à regret ils admirent ,

Leur fait appréhender que le foleil prochain

N'éclaire de Mahon le défaftre certain.

* Les ayeux de M. le Prince Louis de Wirtemberg, ont commandé les armées des Empereurs d'Allemagne , qui fe font tous donné le furnom de Céfar.

Déja les roffignols, par leurs tendres ramages,

Raffembloient autour d'eux les Nimphes des bocages:

Du fein de l'Océan, l'Aurore, au front vermeil,

Au laboureur tranquile annonçoit fon réveil,

Quand des ports d'Albion l'affiégé vit defcendre

Ces fecours tant promis, qu'il fe laffoit d'attendre.

Byng, d'un air triomphant, commandoit ces vaiffeaux.

La fortune a fouvent trahi plus d'un héros.

Tout mortel eft foumis à fes divers caprices,

Et la préfomption eft le premier des vices

Dont le cœur d'un guerrier fe doive garantir.

L'amour propre nous perd & mene au repentir.

En fa force invincible autrefois fi crédule,

Le terrible Eurifthée expira fous Hercule.

Un efpoir téméraire enfloit cet Amiral,

Qui peut-être eut mieux fait, s'il eût craint fon rival.

Mais ce brave Français *, dont la fageffe extrême

Nous la fait croire inftruit par Neptune lui-même,

* M. de la Galiffonniere, Commandant l'Efcadre Françaife.

Attendoit

Attendoit fans orgueil le moment du combat.

Il inftruifoit le chef, il flatoit le foldat.

Les flotes s'approchoient : la fuperbe Amphitrite *

En faveur d'Albion fe fouleve & s'irrite.

Soudain l'air s'épaiffit. Les vagues en fureur

Mêlent tout, plongent tout dans une nuit d'horreur.

Sur les flots entaffés la foudre boüillonnante

Ne préfente aux regards qu'une clarté mourante.

Par la fougue des vents, nos vaiffeaux difperfés,

Des goufres de la mer jufqu'aux Cieux élancés,

Difputoient nos foldats à cette onde barbare,

D'où leurs cris pénétroient l'Olimpe & le Tartare.

Au milieu de fa Cour, Neptune en eft troublé.

Jufqu'en fes fondemens fon palais a tremblé.

Armé de fon Trident, il court chez Amphitrite.

Quel eft donc, lui dit-il, tout ce bruit qu'on excite ?

Soutenez-vous ainfi votre divinité ?

Par ce titre engagée à venger l'équité,

* Nous eûmes les vents contraires au commencement du combat. Et comme les Poëtes doivent tirer avantage de tout, on s'eft cru dans l'obli-gation de faire quelque chofe de merveilleux de cet incident fi ordinaire.

D

A détester la fourbe, à confondre l'envie,

Osez-vous des Français vous montrer l'ennemie ?

Quittez, je vous l'ordonne, un injuste couroux ;

Protéger des Anglais est indigne de vous.

A ce discours sévere, Amphitrite confuse,

Se tait, verse des pleurs, & Neptune l'excuse.

Il bannit l'Aquilon, déchaîne sur les eaux,

Et d'un coup de Trident, il appaise les flots.

    Richelieu s'agitoit, vers la Galissonniere

Il avoit fait marcher un corps auxiliaire.

Il avoit entendu le sifflement des airs,

Et ce bruit effrayant qu'annonçent les éclairs :

Son cœur ne doutoit point qu'une injuste puissance ;

Pour sauver Albion, ne tonnât sur la France.

Pour la Galissonniere on eût pris moins de soin,

Et du secours des Dieux il n'avoit pas besoin.

L'orage fuit, il craint qu'au dernier coup de foudre,

Notre dernier vaisseau n'ait été mis en poudre.

Il ne fait que résoudre en ces extrêmités.

Blaskeney fut instruit de ses perpléxités.

Voici, lui dit Jeffrys, le tems de le furprendre.

Le vieillard ne croit plus devoir le lui défendre.

Il part, hors de fes murs l'affiégé, dans l'inftant,

S'élance, & va trouver l'ennemi dans fon camp.

De l'orage & des vents l'horrible violence

N'avoit pû des Français vaincre la réfiftance,

Et domptant la fureur de l'humide élément,

Le plus grand de leurs maux fut leur éloignement;

Dont Byng ne pût tirer qu'un frivole avantage.

Il ne fit qu'enlever, affez près du rivage,

Un bâtiment leger, qui renfermoit alors

Plufieurs de nos foldats, féparés de ce corps,

Choifi pour féconder nos troupes maritimes.

Du courroux d'Amphitrite eux feuls furent victimes.

Il alloit prendre terre & s'unir à Jeffrys,

Lorfqu'il voit reparoître, avec des yeux furpris,

Nos énormes vaiffeaux, mouvantes citadelles,

Qui femblent fur les eaux courir avec des aîles.

Ils s'étoient raffemblés, & venoient en vainqueurs

Sur leurs rivaux trompés réparer leurs malheurs.

D ij

Il retourne à l'inſtant. Dans un profond ſilence

Les flotes quelquetems demeurent en préſence.

Tout à coup l'air frémit de ce concert fatal ,

Prélude du carnage & ſon affreux ſignal.

Tels qu'au ſon de l'airain , pleins d'une ardeur guer-

riere ,

On voïoit chez les Grecs, bien loin de la barriere,

Leurs célébres courſiers fondre de toute part ,

Trainer un char rapide & voler avec art ,

Souples aux traits de main d'un conducteur habile :

Au bruit des inſtrumens , tel du centre tranquile

Chaque vaiſſeau s'ébranle & s'empreſſe de fuir.

Bientôt l'éclat du jour commence à ſe noircir.

La mort s'échappe en feu du bronze qui la lance.

On ſe croiſe , on ſe ſerre , on recule , on avance.

Byng ne peut repouſſer le hardi Saint Aignan.

Nul Anglais ne réſiſte au courageux Sabran.

Weſt , contraint de céder à la Galiſſonniere ,

Sans cordage & ſans mât , ne court plus qu'en arriere.

Preſſé, quoiqu'en fuyant, dans ſon dépit cruel,

A l'ardent Gibanelle il lance un trait mortel.

Déchiré par les reins, d'une voix lamentable,

Il le laiſſe appeller la mort inéxorable.

Pour fruit de ſes douleurs, ce malheureux guerrier

Voit des flots de ſon ſang germer un vain laurier.

Malgré tous nos efforts, la victoire inhumaine

Entre Albion & nous demeuroit incertaine.

Rochemeau, Villarſel, Maſſiac & Boiſmond

Soutenoient Durevert & défendoient Beaumont.

Des Nymphes de la mer le verdoyant azile

Rougit du ſang Anglais que fait couler Derville.

Triomphans, repouſſés, l'adreſſe & la fureur

Des deux partis mêlés confondent la valeur.

Tels Antoine & Céſar, ſur la mer de l'Epire,

Du monde aſſujetti ſe diſputoient l'Empire.

Cléopâtre, en fuyant, rendit Céſar vainqueur.

Epris pour ſes appas d'une funeſte ardeur,

Antoine à ſon amour ſacrifia ſa gloire ;

Pour ſuivre ſa maîtreſſe, il laiſſe la victoire.

La chute d'Andrewis, battu par le Triton, *

Comme elle a décidé du deſtin d'Albion.

Rarement d'un héros la perte ſe répare.

De ceux qu'il commandoit l'épouvante s'empare.

Leur trouble en un moment gagne tous les vaiſſeaux.

De même que ſouvent on voit pluſieurs taureaux,

Avertis par l'inſtinct & tremblant pour leur vie,

Combattre, ſe défendre auprès d'une tüerie;

Mais à peine l'un d'eux a-t'il oſé paſſer,

Le reſte du troupeau le ſuit ſans balancer.

Vainement, avec Byng, Hervey leur repréſente

Les malheurs qui ſuivront leur fuite humiliante,

L'honneur n'a plus de voix où regne la terreur.

Preſſés de tous côtés, eux-mêmes perdent cœur.

D'Urre, en les pourſuivant, reçoit une bleſſure,

Beaucouze tombe mort; l'intrépide Pallure *

---

* Le Triton eſt un vaiſſeau frança is, du nom duquel je me ſuis ſervi
préférablement à celui du Capitaine, qui eſt M. de la Broſſe, la rime m'y
ayant forcé.

* Ce nom eſt l'anagramme de Laplure, qui n'auroit pas été ſi bien
en vers.

Sur Hervey, qui l'accable, accourt pour le venger;

L'Anglais avec adreſſe évite le danger ;

Et la mer aux vainqueurs n'offre plus qu'une plaine

Couverte d'ennemis, qui fuyoient avec peine

Dans des vaiſſeaux briſés , & dont les mats perdus

Prouvoient qu'également tous s'étoient défendus.

Mais pendant que ſur l'onde ils fixoient la victoire,

Les Français, ſous leur camp , s'étoient couverts de gloire.

J'effrys, pour qui la mer avoit enflé ſes eaux,

Pour délivrer Mahon , crût ſortir à propos.

Il penſoit qu'allarmés d'un ſi ſubit orage,

Il alloit attaquer des ſoldats ſans courage.

Ses compagnons actifs précipitent leurs pas.

Il voit déja le camp; mais l'air de ces ſoldats,

Tous rangés en bon ordre & prêts à ſe défendre,

Ravit à ce cruel l'eſpoir de les ſurprendre,

Il s'arrête interdit , & réve, en cet état,

S'il peut, ſans trop riſquer, hazarder le combat.

Mais du sang ennemi la soif qui le dévore
Empêche sa raison de lui parler encore.
Poursuivons, se dit-il, qu'importe le succès
Que le destin nous garde, ou reserve aux Français?
Et j'irai sans regret dans les Royaumes sombres,
Pourvû que j'y descende entouré de leurs ombres.
C'est ainsi que lui même excite son courroux.
Dans la garde avancée il pénétre à grands coups.
Desbordes commandoit ce poste avec de Sarte.
Ils le pressent tous deux, tous deux il les écarte;
Et comme ils le chargeoient par de nouveaux efforts,
Il fend l'un par la tête & l'autre par le corps.
Luce, en le repoussant, termine sa carriere.
Dufart, non moins hardi, va mordre la poussiere.
    Aussi fort que Jeffrys, rien n'arrête Broonknel,
D'un coup dans la poitrine il abbat Remainel.
Il blesse Beauménil, Descoudaure, Aléxandre,
Sans daigner se mouvoir, l'armée osoit attendre
Ce couple furieux devant qui tout plioit.
De nos chefs irrités chacun les défioit.

Bientôt ils vont contre eux mesurer leur épée,

Et des gardes enfin la troupe est dissipée.

Que ta voix se ranime ; à mes boüillans transports,

O Muse , viens prêter tes plus brillans accords.

De ce combat sanglant pour bien tracer l'image ,

Et pour rendre mes vers célebres d'âge en âge ,

Enfante, s'il se peut , des sons aussi nouveaux

Que le fût la valeur de ces nobles rivaux.

En trois corps hérissés nos guerriers se présentent ,

Et le péril ajoute à l'ardeur qu'ils ressentent.

Ils laissoient derriere eux leur Camp qu'ils défendoient,

Et sembloient devant lui trois Forts qui le gardoient.

Par différens assauts , Jeffrys en vain les presse ,

Sous ses coups redoublés leur tête se redresse.

Tous les siens se prenoient à leurs pointes d'acier ,

Et rencontroient la mort à côté du laurier.

Mais il n'est point de corps qu'un bras infatigable

Éprouve à sa fureur toujours inébranlable.

Ouverts à chaque instant , & soudain refermés ,

On sépare à la fin ces remparts entamés.

Broonknel fut le premier qui, par des coups horribles,
Ouvrit & renverfa ces colonnes terribles.

Las de voir fes foldats s'y brifer tour à tour,
Honteux que les deux tiers euffent perdu le jour,
Et que de nos vengeurs l'héroïque vaillance
Fit voir de tous côtés la même réfiflance,
Dans fon cœur épuifé de rage & de courroux,
Ranimant tout le feu du defefpoir jaloux,
Sous fes pas irrités il fait trembler la terre.
Son dépit violent a l'effet du tonnerre.
Les Français font un vuide & nagent dans leur fang,
L'impétueux Anglais vole de rang en rang,
Et de tant de héros cette forte barriere
Ne peut plus contenir fa fougue meurtriere.
Sur le fable fatal il renverfe Mélac,
Lombart & Dagoulet, & Dutot & Lairac
Sont abbattus par lui lorfqu'ils penfent l'abbattre.
Déja nul ennemi n'ofe plus le combattre,
Et des monceaux de morts croiffent autour de lui,
Le chef laiffe en tombant le foldat fans appui.

Fronſac, partout vainqueur, voit cet affreux

carnage.

Le regard de Broonknel irrite ſon courage ;

Et loin de s'étonner, cet Achille naiſſant

S'enflamme, & pique droit à l'Anglais ménaçant,

Amour l'accompagnoit, caché dans un nuage.

Son intrépidité, peu commune à ſon âge,

Inquiettoit le Dieu, dont le zele malin

Avoit pris de Pallas le bouclier divin.

Il défendoit ſes jours à l'abri de l'Égide.

Mais l'aſpect de Broonknel fait fuir le Dieu timide.

   Fronſac, contre l'Anglais reſté ſans protecteur,

N'a plus d'autre ſoutien que ſon heureuſe ardeur.

Il le joint, il l'attaque, & touché de ſes charmes

Le guerrier contre lui n'oſe tourner ſes armes ;

Il reſpecte ſes jours, à peine en leur printems ;

Il veut porter ailleurs des coups plus importans,

Et rougiroit d'abattre un ſi foible adverſaire,

Sa pitié, de Fronſac échauffe la colere,

Il le fuit , il fe jette à travers les foldats ;

Fier Anglais , s’écrie-t’il , où portes-tu tes pas ?

Arrête , crois-tu donc mon bras fi méprifable ?

A ces mots , il l’atteint d’un coup épouvantable.

Broonknel s’arrête alors , & bientôt dans fon cœur

Tout autre fentiment le céde à la fureur.

Il l’attaque à fon tour. Fronfac , ufant d’adreffe ,

Evite tous fes chocs en voltigeant fans ceffe.

Telle une jeune abeille , avec fon aiguillon,

Repouffe dans les airs un pareffeux bourdon;

L’animal indolent , par fa lourdeur extrême ,

Plus que celle qu’il preffe , eft funefte à lui-même.

L’abeille adroitement le pique mille fois ;

Celui-ci tombe enfin victime de fon poids.

Broonknel fent , en effet , que fon bras , qui fe laffe ,

Eft prêt de découvrir tout fon corps qu’il efface.

Et Fronfac , attentif à faifir le moment ,

Au premier jour qu’il voit , le frappe brufquement.

Par trois fois dans le fein il lui plonge l’épée.

Hé bien , fameux guerrier ! ta valeur eft trompée ,

Lui dit-il, tu semblois avoir pitié de moi :

Que l'Anglais qui m'osoit méprifer comme toi,

En te voyant defcendre au ténébreux rivage,

Apprenne à redouter les Français à tout âge.

Broonknel, à ce difcours, ému d'un vain courroux,

Sans pouvoir répliquer, tombe fur fes genoux,

Et fon ame s'enfuit par une triple voie.

Le foldat jufqu'au ciel pouffe des cris de joie.

Au pere de Fronfac ce triomphe éclatant,

Volant de bouche en bouche, eft porté dans l'inftant.

La troupe de Broonknel, le front couvert de honte,

Se dérobe à la mort par une fuite promte.

Le deftin de Jeffrys ne fut pas plus heureux.

Ceint des plus beaux lauriers, cet Anglais vigoureux

Jettoit dans tous les cœurs l'horreur & l'épouvante.

Mille ames s'échappoient fous fa main foudroyante.

Il perce Saint-Alby qui l'ofe défier.

Pigny, Maille, Charmont, Kéjan & Dupérier,

Qu'a réunis foudain fon bras, qui les fépare,

Vont étancher leur fang dans les eaux du Ténare.

Entouré de rivaux, aux portes du trépas,

Le nombre l'enflammoit & ne l'effrayoit pas.

Tel est un cédre altier, dont un sombre nuage

De ses flancs couroucés vient menacer l'ombrage ;

Il semble de la tête exciter ses carreaux,

Et pour les recevoir étendre ses rameaux.

Richelieu, qui des siens voit l'entiere déroute,

Jure d'anéantir ce foudre qu'on redoute.

Il accourt, & sa vûe interdit le vainqueur,

Doublement étonné de connoître la peur.

Il s'éloigne de lui sans paroître le craindre.

Empêché des Anglais, Armand ne peut l'atteindre.

Mais croyant se sauver, il rencontre d'Egmont

Dont le sort glorieux se lisoit sur son front.

C'est ainsi qu'un navire, aux ondes de Sicile,

Entre ces deux écueils que dépeignit Virgile,

D'où, par l'aide des Dieux, son héros défila,

Va tomber dans Charibde en évitant Scylla.

D'Egmont, qui le cherchoit avec un soin extrême,

S'applaudit en voyant qu'il le cherche lui-même.

Mais le fer de Jeffrys ne lui réſiſte pas.

Dans ſa main déſarmée il ſe briſe en éclats.

Les Français, triomphans de le voir ſans défenſe,

Du ſang qu'il a verſé veulent tirer vengeance.

Le généreux d'Egmont arrête leur fureur.

Juſqu'en nos ennemis honorons la valeur,

Leur dit-il ; dans ma tente, allez, que l'on le mene,

Avec tout le reſpect qu'on auroit ſous la ſienne.

Jeffrys eſt malgré lui contraint de l'admirer.

D'Egmont l'eût moins puni s'il l'eût fait expirer.

Le malheur de Jeffrys confond toute ſa ſuite.

Vers leurs murs auſſi-tôt la peur les précipite.

Nos ſoldats ranimés y courent avec eux.

On les accable en vain d'une grêle de feux ;

Ils bravent hardiment cette flamme mortelle,

Et veulent en ce jour forcer la citadelle.

Du plomb qui les écraſe ils mépriſent les coups.

Plutôt que de céder, ils euſſent péri tous,

Si Richelieu, toujours guidé par la prudence,

A leur zéle inſenſé n'eût impoſé ſilence.

*Fin du troiſiéme Chant.*

# CHANT IV.

LEs airs étoient calmés, l'aſtre brillant du jour
N'avoit point fait encor les deux tiers de ſon tour:
Amour, ſur un rocher aſſis près du rivage,
De ſes pleurs abondans inondoit ſon viſage.
Ce Dieu, que d'un regard Broonknel avoît fait fuir,
Dans ces lieux écartés étoit venu languir,
Tremblant que de la mort la faulx étincelante
N'eût tranché de Fronſac la tête ſi charmante.
Dans ce trouble cruel de ſes ſens abuſés,
Qu'il payoit bien les maux qu'il a ſouvent cauſés !

 Mais inſtruite de tout, ſur ſon aîle légere,
Des Dieux & des mortels l'habile meſſagere,
Pour guérir ſes frayeurs, courut lui raconter
Les honneurs que Fronſac venoit de remporter.
Vain remede ! il ne ſort de cette inquiétude,
Que pour ſentir encore une peine plus rude.

Si de ce fier Anglais Fronfac eſt triomphant,
Craindra-t'il déformais les fléches d'un enfant ?

Non il ne viendra plus, ſe dit-il à lui-même,
Dans mes temples ſecrets chercher le bien ſuprême.
Gloire barbare, hélas ! tu vas me l'arracher ;
De mes loix, pour te ſuivre, il va ſe détacher.
Divinité funeſte, eſt-ce avec tant de graces
Qu'un mortel peut ſe plaire à marcher ſur tes traces ?
Ah ! tous ceux que le ciel forma pour les plaiſirs
Devroient avoir horreur de tes affreux deſirs.
Fuyez, ô ! mon carquois, que vos dards inutiles
S'enterrent pour jamais ſous ces triſtes aſyles ;
Et vous, myrthes naiſſans que j'élevois pour lui,
Au ſein qui vous nourrit rentrez tous aujourd'hui :
Amour vous abandonne & ſon regne s'acheve ;
Fronfac n'eſt plus à moi, la gloire me l'enleve ;
Et tous les cœurs du monde à mes yeux ne font rien,
Dès qu'il faut renoncer à l'hommage du ſien.

Sans doute, on va le voir, d'une ardeur invincible,
Prodiguer ſur ces murs, par un aſſaut terrible,

Ces beaux jours qu'à Cypris il eut dû confacrer,

Que le flambeau d'amour devoit feul éclairer ;

Et peut-être , femblable à cette jeune rofe,

Qu'un fouffle de fa tige arrache à peine éclofe ,

Renverfé dans fon fang ... non , non , ne fouffrons pas

Qu'Atropos de fitôt moiffonne tant d'appas.

Prévenons pour moi-même un coup auffi fenfible ,

A mes traits jufqu'ici rien ne fut impoffible.

Quoi , j'ai parlé , Minorque a fléchi dans l'inftant :

Sur le cœur des Anglais n'en puis-je faire autant ?

Comme tout autre peuple, ils connoiffent mes charmes.

Dans leur fein, à mon gré, je répans les allarmes ,

Le défefpoir , l'envie & les foupçons chagrins,

L'efpérance , la joie & les plaifirs fereins ,

Et tout ce que l'on dit de leur haute fageffe

Ne les exempte pas de l'humaine foibleffe.

Tentons de les féduire en faveur de L O U I S ;

Sauvons ainfi Fronfac , à fes yeux éblouis

Dérobons promptement l'éclat de la victoire ;

Qu'il rentre dans nos fers en dépit de la gloire.

Il dit , & fur fon front l'allégreffe renait ,

Sa crainte fe diffipe , amour fe reconnait.

Il reprend fon carquois , il aïguife fes fléches ,

Et déja de Mahon il veut paffer les bréches ,

Lorfqu'un fpectacle, offert à fes regards furpris ,

L'arrête ; c'étoit l'arc de la divine Iris.

Et l'azur & la pourpre , & le vert & l'orange ,

Il raffemble & confond, par un heureux mêlange ;

Tout ce que du foleil les rayons producteurs

Réüniffent en eux de plus vives couleurs.

De l'Olimpe vers nous cet arc parait defcendre ,

Tel que d'une cafcade on voit l'onde s'épandre.

Si fa variété fait le plaifir des yeux ,

Le matelot gémit quand il pare les cieux.

Il annonça toujours ces horribles tempêtes ,

Que l'humide Aquilon ramaffe fur nos têtes.

Aucun nuage alors , forti du fein des mers ,

Ne chargeoit l'élément où nage l'Univers.

Le ciel brillant partout d'une pure lumiere ,

Amour penfe qu'Iris , cette promte couriere ,

Aux ordres de Junon toujours prête à voler,
De la part de fa Reine accourt pour lui parler.

Sur fon char lumineux, de la célefte voûte,
Pallas, pour s'échapper, avoit pris cette route,
Et venoit de ce Dieu prévenir les deffeins,
Trop contraires, fans doute, aux fuperbes deftins,
Qu'au nom de Richelieu préparoit fa fageffe,
Son front majeftueux n'a point cette rudeffe,
Par où s'annonce à nous une fiere pudeur;
Tous fes traits de fon ame expriment la candeur.
Sa démarche, modefte & nullement contrainte,
Au plaifir indifcret mêle une douce crainte.
Avec un fouris noble, elle aborde l'amour,
Qui, fans s'intimider, lui foûrit à fon tour.
Dieu des cœurs, lui dit-elle, hé ! par quelle injuftice,
Par quelle fauffe allarme, ou par quelle malice
Pouvez vous envier ces lauriers qu'aujourd'hui
Fronfac vient de cüeillir & voit croître pour lui ?
Eft-ce à vous de fentir de pareilles atteintes ?
Les zéphirs, jufqu'aux cieux nous ont porté vos
plaintes.

Nous favons le deffein que vous avez formé

De féduire l'Anglais dans Mahon renfermé.

Vous voulez aux Français ravir cette victoire :

Ah ! c'eft nuire vous-même à votre propre gloire.

Plus leurs têtes feront couvertes de lauriers ,

Mieux vous triompherez à voir tous ces guerriers ;

De leur fidelité vous confacrant ces gages ,

Surcharger vos autels de leurs pompeux hommages.

Et qui pourroit encor exprimer vos plaifirs ,

Quand ce même Fronfac , fi cher à vos defirs ,

Dans fes foumiffions trouvant mille délices ,

Viendra de fa valeur vous offrir les prémices ?

Hé ! qu'a fait Richelieu , pour lui voler ainfi

Les palmes que fa main doit remporter ici ?

Savez-vous quel larçin vous prétendez-lui faire ?

Ma bouche plus long-tems ne veut point vous le taire.

Jamais fiége fameux , jamais exploits fi beaux

N'auront éternifé la gloire d'un héros ;

Et de l'aveu de tous , jamais Thebes , ni Rome

N'ofa parmi fes Dieux placer un fi grand homme.

Eh ! quel rare avenir venez-vous m'annoncer,

Reprend le Dieu piqué ? quoi donc , pour furpaffer

Ces demi dieux dont Rome , ou la Grece s'honore ,

De combattre & de vaincre a-t'il befoin encore ?

Rappellez-m'en quelqu'un qui fut mieux s'illuftrer.

Ah ! rougiffez plutôt de les lui comparer.

Mais ce n'eft point pour lui que ces fléches fubtiles

Vont amollir le cœur des Anglais indociles.

Je ne crains point du fien de changement fatal ,

Et fon zéle pour moi fut toujours trop égal.

C'eft Fronfac , c'eft fon fils qui caufe mes allarmes.

Sur toutes les vertus qui décorent fes charmes ,

Un courage guerrier domine avec éclat ;

Et comblé de mes dons , je n'ai fait qu'un ingrat,

Si je ne mets un frein au tranfport qui le guide.

Non jamais de lauriers on ne fut plus avide.

O , fi vous l'aviez vu , dans ces derniers combats ,

Défier les Anglais , affronter le trépas ,

Les preffer , les charger , jufques dans leur retraite !

Ce fut dans ces momens que je lûs ma défaite.

Là , ſes deſtins cachés parurent au grand jour.

Un triomphe de plus le ravit à l'amour.

Je n'ai point oublié quel outrage ſenſible

Du plus vanté des Rois le ſoutien invincible ,

Cet Aigle des Boüillons fît jadis à mes traits ;

Turenne à mon pouvoir ne ſuccomba jamais.

Ce ſuperbe vainqueur , né pour tant de merveilles ,

Et dont le nom brillant charme encor les oreilles ,

Méprifant tous les dards qui partoient de mes mains ,

Me traita du même air qu'il traitoit les Germains.

Elevé dans les camps , il véquit ſans foibleſſe ,

La gloire fut les fleurs que cueillit ſa jeuneſſe.

Comme lui , des Français Fronſac devient l'appui.

Et Turenne, en naiſſant , fut-il plus grand que lui ?

Quoi l'amour, juſques-là pourroit-il s'y méprendre ,

Réplique la Déeſſe avec un fouris tendre ?

Si Turenne cent fois fît rougir votre front ,

D'un fils de Richelieu craignez-vous cet affront ?

Eſt-il fait pour porter ce grave caractere ?

N'avez-vous point pour vous l'exemple de ſon pere ?

Vos temples de ſes vœux furent toujours remplis ;

Et ce pere , en naiſſant, fut-il moins que ſon fils ?

Le ſoleil , ſur le point de deſcendre dans l'onde ,

Du ſein de l'Orient éclaireroit le monde :

Nous n'aurions pas fini de reprendre , en ces lieux,

Tous ces nobles exploits qui l'élevent aux cieux.

Gardez-vous d'empêcher qu'il orne ſa mémoire

Du plus rare des faits dont parlera l'hiſtoire ;

Et tous vos ſoins , amour , y tâcheroient envain ,

L'ordre que je vous donne émane du deſtin.

Mais pour vous ſoulager , apprenez de Minerve ,

Quels beaux jours à Fronſac ce Dieu puiſſant réſerve.

Ces mots, que j'ai trouvés au livre de ſa loi ,

Flatent également la gloire , vous & moi :

Habile en l'art de vaincre , heureux en l'art de plaire ,

Ce héros doit en tout reſſembler à ſon pere.

Oui , oui , répond l'amour , j'ai tort de m'allarmer ;

Le deſtin de Fronſac eſt de vaincre & d'aimer,

Jaloux de l'enchaîner , je ſuis comme une amante ,

Qu'un guerrier abandonne , égarée & tremblante.

Elle gémit, se trouble & jusqu'à son retour,

Mille & mille frayeurs l'agitent tour à tour.

De sa fidélité vainement tout l'assure,

Sa flamme craint toujours de le revoir parjure.

Ah ! traînant avec moi l'ennui, les trahisons,

Les fureurs, le dépit, l'envie & les soupçons,

Eternels corrupteurs de ma douceur extrême,

Vous étonnerez-vous que j'éprouve moi-même

Ces sombres passions qui me suivent partout ?

Allez, votre héros vous servira par goût,

Dit Minerve, & le sang qu'a puisé son courage,

Doit vous en assurer mieux que tout autre gage.

Dans la plus vive joie elle laisse le Dieu,

Et vole vers le camp inspirer Richelieu.

La défaite de Byng, funeste à l'Angleterre,

Faisoit craindre à Mahon la fin de cette guerre.

La perte de Jeffrys l'effrayoit plus encor.

C'est ainsi qu'Ilion, lorsqu'il n'eût plus d'Hector,

Dans ses murs désolés crut voir la Grece entiere :

La tête des vieillards se couvrit de poussiere,

Les Citoyens tremblans & leurs femmes en deuil

Se comptoïent, de ce jour, plongés dans le cercüeï

Et ces braves Troyens, qu’il rendoit si terribles,

Ne se distinguoient plus que par des cris horribles.

Blaskeney, qui perdoit son plus ferme soutien,

Tout le reste du jour ne pût résoudre rien.

La nuit n’adoucit point la douleur qui l’accable.

Il ne désire plus qu’une mort honorable.

L’ombre fuit. Les Français, sous leurs drapeaux rangés,

Menacent de nouveau les pâles assiégés.

Le repos si chéri n’a point pour eux de charmes,

Et le Soleil levé les trouve sous les armes.

Ils demandent l’assaut. Richelieu sagement

Refuse de répondre à leur empressement.

Ils étoient fatigués des travaux de la veille.

Il veut laisser nourir leur feu qui se reveille,

Et le jour devoit nuire au coup qu’il préparoit.

Le soldat à cet ordre obéit à regret.

Aux Anglais étonnés ce délai salutaire

Rendit pour un moment leur audace ordinaire.

Les hôtes des forêts & les tendres pasteurs

Dans les bras de Morphée, épuisoient ses douceurs ;

Aux soupirs des amans la Déesse si chere

De ses voiles épais couvroit cet hémisphere.

Et Diane, aux mortels refusant sa clarté,

Ne lui déroboit rien de son obscurité.

Pour surprendre Mahon ce tems est favorable.

Tout sembloit annoncer sa chute déplorable.

Les astres, de concert ayant éteint leurs feux,

Voulurent des Français favoriser les vœux.

Ce fut dans les horreurs de ce profond silence ;

Qu'Armand jusques au fort ordonne qu'on s'avance.

Avec ses généraux il s'étoit renfermé ;

Le plan d'attaque entr'eux avoit été formé.

La fortune, équitable en sa fougue légére,

Au sage qui consulte est rarement contraire.

L'affaut dans tous fes points fut ainfi difpofé.

En cinq forts * principaux Mahon eft divifé.

D'abord en quatre corps nos foldats fe formerent ,

Et par divers chemins ces troupes défilerent.

Des grands Montmorencis illuftre defcendant ,

Laval , fage à la fois , valeureux & prudent ,

Commandoit le premier , aidé de Briqueville ,

Et de Monti , guerrier non moins heureux qu'agile.

Ils devoient diriger la fanglante action ,

Sur les forts qui gardoient la gauche de Mahon.

Monteynard , Lannion , par différentes routes ,

Allerent de la droite attaquer les redoutes.

On confia le centre au courageux Beauveau.

Tout répondoit de lui pour un emploi fi beau.

Il menoit avec lui Trainel , Redmont , Timbrune,

D'Egmont voulut auffi partager fa fortune.

Dans l'excès du plaifir que l'on goûte en fecret ,

Il n'échappe en marchant aucun bruit indifcret.

---

* Saint Philippe , Saint Charles , Strugen, Orgil & Marlborough. Les redoutes font : la Reine , Ken , Loueft : Lunettes. Caroline & Sud-Oueft.

On arrive en cet ordre au pied de ces ouvrages

Qui prétoient à Mahon les plus grands avantages.

Entre Orgil & Strugen Monti vint se poster,

La Queüille & Rochefort coururent s'y porter.

Rochefort , des Rohans héritier magnanime ,

Sentoit revivre en lui leur courage sublime.

Briqueville avança vers la Reine & vers Ken.

Sablé l'accompagnoit , & de Sade & d'Orsan ;

Ils étoient secondés par de Même & Narbonne.

Armand à cet assaut commandoit en personne.

Le Prince Virtemberg , Duménil , Maillebois ,

A côté du héros avoient marché tous trois.

Au centre de la gauche ils choisissent leur place ,

Pour mieux veiller ensemble à tout ce qui s'y passe.

Pour Fronsac , il vola , guidé par Lannion ,

Au fort que Marlborough appella de son nom.

Dès que l'heure arriva, par Richelieu fixée ,

De la tour des signaux une bombe élancée

Jetta les assiégés dans un mortel effroi.

Tout pense que L o u i s donne déja la loi.

Trois fois le bruit redouble ; on se leve en allarmes,
Et les plus diligens se couvrent de leurs armes:
Ainsi quand cet oiseau *, messager d'Atropos,
Du laboureur en paix vient troubler le repos ,
Sa famille effrayée autour de sa chaumiere ,
S'égare , & croit partout voir la faulx meurtriere.
Par l'ombre de Broonknel dans un songe averti ,
Blaskeney de son lit fut le premier sorti.
Fuyez , ô malheureux , lui dit l'ombre sanglante ;
Le destin sur les murs de cette isle puissante
Va bientôt consacrer la honte d'Albion ,
Et cette nuit pour vous est la nuit d'Ilion.
L'ombre fuit à ces mots , telle que de la terre
S'évaporent les feux qui forment le tonnerre.
Blaskeney se réveille & jure à ce discours,
De vendre cher le peu qui lui reste de jours.
Le péril à son cœur rend cette hardiesse ,
Qu'avoit éteinte en lui le froid de la vieillesse.

* Le Hibou , oiseau dont le chant effraye les Paysans qui le croyent
effectivement le messager de la mort.

Les bombes, dans le fort vomiſſant la terreur,

De ce ſonge cruel lui confirment l'horreur.

Aux aſſiégés tremblans ſoudain il ſe préſente ;

Et voulant raſſurer leur ame chancelante,

Amis, dit-il, mourons, c'eſt-là notre devoir,

Nous n'avons pour recours qu'un noble deſeſpoir.

Que ſai-je ? un bel effort vous ſauvera peut-être.

L'ennemi des remparts n'eſt pas encor le maître.

Puiſqu'il oſe attaquer, oſons-le repouſſer :

La fortune entre nous peut encor balancer.

Et quand votre valeur en ſeroit deſſervie,

Les guerriers par le tems ne comptent point leur vie.

Un moment de triomphe ou d'intrépidité

Vaut cent ſiécles paſſés dans la tranquilité.

Notre honneur eſt le bien pour qui nous devons
      craindre :

Qu'il nous ſurvive à tous; nos jours peuvent s'éteindre.

Cette vive harangue enflamme les Anglais,

Qui courent à l'envi repouſſer les Français.

Mais ces fiers affaillans, que leur approche irrite,

N'ont pas befoin comme eux que leur chef les excite.

O nuit ! à nos regards tu cachas ces grands coups;

On dit que de ta gloire Apollon fut jaloux,

Et qu'il fe plaint encor de cette perfidie,

Que fit à fes rayons la prudence ennemie,

Soutenant avec droit que ces illuftres faits

Méritoient pour témoins les plus purs de fes traits.

Sous le créneau des murs cent échelles pofées,

Par le poids des Français avoient été brifées.

Des vuides de la terre un bithume exhalé,

Quatre fois étourdit l'affaillant ébranlé.

Tel eft ce fouffre impur que de fon fein barbare

L'Etna renvoye au Ciel des voutes du tartare.

Le foldat par la flamme eft envain englouti,

Le feu de nos guerriers n'en eft point rallenti.

Beauveau fur le rempart monte avec vigilance.

De d'Egmont avec art employant la vaillance,

Il mit, de fon côté, l'affiégé hors d'état,

De pourfuivre longtems le plus rude combat.

Lannion ;

Lannion, que Fronsac servoit avec courage,
Se flattoit d'emporter le plus bel avantage.
Le même espoir charmoit Talaru, Puisigneux,
Et surtout Monteynard qu'ils secondoient tous deux.
Leur succès dépendoit du fort de Roquepine,
Qui devoit de Mahon avancer la ruine,
En le coupant d'avec les forts qu'ils assailloient.
A ce poste important les assiégés veilloient.
Il ne les comptoit pas si près qu'ils se montrerent,
Aussitôt qu'il parût, ces gardes l'attaquerent.
Roquepine surpris repousse leur effort.
Fortouval, d'Hüetton venge soudain la mort.
  Mais Monti répara ces légeres disgraces.
Défiant & Canons, & Bombes, & Fougaces,
Entre tous ces écueils il ne chancelle pas.
Briqueville craindroit de lui céder le pas.
Leurs braves compagnons n'ont pas besoin d'échelles;
L'ardeur de triompher leur a donné des aîles;
Et malgré que la mort sifflât de tous côtés,
Trois Forts au même instant se virent emportés.

F

Dans ce cruel affaut Gerard perdit la vie ;

Saint Tropès fut bleffé , Modene & Magendie.

    L'étoile du matin n'offrit plus aux regards

Que des Drapeaux Français, flottans fur les remparts,

L'Anglais pâlit , veut fuir, & demeure immobile.

Tels on nous dépeignoit, aux côtes de Sicile ,

Ces voyageurs , conduits par un ciel incertain

Vers l'Ifle qu'habitoient les freres de Vulcain ;

Sitôt qu'au fon des voix ces Ciclopes énormes

Venoient couvrir leurs bords deleurs maffes informes,

A leur horrible afpect , glacés & confondus ,

Ces mortels des rochers ne fe diftinguoient plus.

    Cependant Blaskeney , qui perd toute efpérance ,

Veut , du moins en mourant , fignaler fa vengeance.

Il femble avoir repris fa premiere vigueur.

Déja du cœur des fiens il a banni la peur.

Avec plus de fureur le combat recommence.

Tout s'anime , fe meut & vit par fa préfence.

Alors un trait de feu le jette à demi-mort.

Le vieillard , en tombant , auroit béni fon fort ,

Si cette heure fatale eût été sa derniere ;
Il brûloit sur ce lieu de finir sa carriere.

Dès qu'il fut éloigné, le trouble & la terreur,
Répandus dans Mahon, le remplirent d'horreur.
Défespérés, faisis de la plus folle rage,
Les uns contre les murs se frappent le visage ;
( Spectacle affreux à voir ! ) d'autres plus furieux,
Se déchirent le sein & s'arrachent les yeux ;
Plufieurs même, oubliant que les dieux les puniffent,
Demandent que fur nous leurs bras s'appéfantiffent.
Et pour venger leurs maux, leur ayeugle courroux,
Invoque ces fléaux qui les écrafent tous ;
Le refte, des vainqueurs implorant la clémence,
En cédant au deftin, maudiffent fa puiffance.

Tels font dans les forêts de jeunes abriffeaux,
Qu'un vieil orme touffu couvroit de fes rameaux ;
Ils ne craignoient, fous lui, ni les vents, ni la foudre ;
Mais à peine les dieux l'ont-ils réduit en poudre,
Expofés déformais aux fougues des faifons,
De la terre éplorée on voit ces nouriffons,

Que cet arbre abandonne, & que sa chute afflige ,
Au gré de tous les vents , se plier sur leur tige.

L'effroi des assiégés , leurs plaintes , leurs douleurs
Pénétrent les Français, & calment leurs fureurs.
Richelieu , de son Roi ne cherchant que la gloire ,
Comme eût fait LOUIS même , use de la victoire.
Ce héros , satisfait d'un triomphe si grand ,
Commande à ses soldats qu'on épargne le sang.
Traittant avec honneur la garnison captive ,
Il fait entrelasser le laurier & l'Olive ;
Et l'Anglais , renfermant son dépit dans son cœur ,
En détestant son joug , admire le vainqueur.

*Fin du Poëme.*